La petite écuyère a cafté

ŒUVRES PRINCIPALES

Plein tarif
Le jour de l'urubu
La Belle de Fontenay
Le Bienheureux
RN 86
L'ABC du métier
Spinoza encule Hegel
J'ai fait l'aérotrain
Cendres chaudes
Mission secrète
N'importe quoi pourvu que ça bouge
La farce du destin
Je hais le cinéma
L'expédition Sanders-Hardmuth

Jean-Bernard Pouy

Le Poulpe

La petite écuyère a cafté

Librio

Texte intégral

« Le Poulpe, ça ne s'attendrit pas.
Faut taper dessus à coups de marteau... »

Gérard

1

Faire gaffe. La nuit, les rails se rejoignent. On dit qu'ils sont parallèles, un mythe, un vrai, il y a des moments où, la fatigue aidant, on a vraiment l'impression qu'au bout du faisceau des deux phares de l'autorail, ils se touchent et qu'en dessous, les roues vont riper, se chevaucher et que ça va être une vraie catastrophe.

Chaque fois qu'il conduisait le 89931, Charles Dutoît pensait toujours la même chose, avait toujours les mêmes impressions. La nuit, tout est possible. Il tenait ça de tous ces livres de terreur qu'il avait dévorés pendant sa jeunesse. La nuit, les maisons bougent, les yeux deviennent rouges, les gens hurlent en crachant des fleuves de sang, le diable en sabots rôde le long des falaises, quand ce n'est pas la mort avec sa faux brillante de sang caillé. La nuit, les vaches dansent la carmagnole, les rails des trains se tordent et font des nœuds en grinçant.

Cette vacherie d'automoteur 89931. Départ Rouen 22 h 4, arrivée à Dieppe à 22 h 43. Le dernier. Si on le loupe, faut dormir à Rouen, tenter de ne pas rêver à Jeanne d'Arc, qui crame en geignant, avec Gilles de Rais pleurant comme un veau au pied du bûcher et se consumant pour elle.

Le train venait juste de dépasser la gare d'Auffay. Charles vérifia le compteur. 90, c'était bon. Limite. Au-dessus, derrière, ça secoue. Il n'avait pas l'impression de conduire un troupeau à roulettes comme pour le 87083, qui est invariablement toujours plein, tous ceux qui bossent à Rouen et qui regagnent leurs cagnas du côté de Clères. Non, le samedi soir, c'est direct Dieppe, peu de pékins se prélassent derrière lui, tentent de repérer quelques lumières filantes au-dehors, relisent le journal du matin, terminent les mots croisés. Il doit y en avoir un ou deux qui roupillent à mort. Qui finissent bravement un samedi de bibine et qui vont le dimanche à Dieppe pour terminer magnifiquement le ouiquende en se saoulant la gueule dans les rades du port. Comme dans la chanson de Brel. Amsterdam, avec le marin qui pisse sur les étoiles.

Charles Dutoît pensa que c'était le premier samedi du mois et que, vers minuit, sur Canal Plus, il y aurait le porno mensuel, qu'il regarderait une fois de plus si jamais Françoise acceptait d'aller se coucher, en lui disant comme à chaque fois qu'il ne peut pas dormir et qu'il va regarder la télé pour s'abrutir. Et, alors, comme d'habitude, il serait vite saoulé par toutes ces gymnastiques et éteindrait le poste en pensant que c'est pas croyable que des gens puissent faire ça devant des autres avec autant de naturel.

La voie tournait beaucoup dans la vallée juste avant Offranville. Il essaya d'imaginer les vaches couchées dans les prés et qui entendaient le train sans le voir, un grondement dans la nuit. Est-ce que les vaches pensaient à l'enfer, elles aussi? Et c'était quoi l'enfer pour une vache? Travailler à Hippopotamus?

Un coup de sirène. Un passage non protégé. Tant pis pour ceux qui dormaient déjà. La grande courbe de droite. De jour, on voyait, derrière la haie de saules, la jolie ferme à colombages des Marineux. Charles avait été à l'école avec le Pierre qui déclarait que jamais il ne serait paysan, plutôt crever, toute une vie dans la bouse c'est pas humain, et lui, il disait en écho qu'il ne resterait jamais dans ce coin pourri où il pleut tout le temps, où les champignons poussent jusque dans les godasses, où les grosses limaces orange servent de paillasson. Résultat des courses, trente ans après, le Dutoît conduit le dur sur la ligne qui passe tout près de la ferme du Marineux qui a trente-cinq vaches.

Charles eut un haut-le-cœur. Le sang, en une demi-seconde, quitta entièrement sa tête, sa poitrine et ses bras. Sa main se mit à trembler, loupant les manettes de frein. Les chiens de l'enfer. Il venait de voir, d'entrevoir, un éclair, dans le blanc cru des phares, juste après une courbe à droite un peu serrée, deux personnes sur la voie qui le regardaient les yeux grands ouverts en hurlant et puis il les a senties disparaître sous lui comme s'il les avalait lui-même. Et puis le choc. Mou. Charles freina d'urgence, bloquant les tampons. Tant pis pour ceux qui roupillaient derrière, ils allaient changer de place en deux secondes, tant pis pour les valoches qui devaient valser. Merde, merde, merde, c'est pas vrai, hurla Charles, dont les bras se mirent à trembler convulsivement.

Les deux wagons de l'autorail mirent cent mètres et dix secondes pour s'arrêter. Sans respirer, tout était bloqué en lui, c'était comme s'il avait en même temps actionné aussi un frein puissant à l'intérieur de lui-même, Charles avait baissé la vitre de la portière gauche et avait regardé, pendant cet interminable infini de temps, les étincelles, à chaque boggie, éclairer le ballast.

La rame s'arrêta enfin. Charles sauta sur la voie, une lampe torche à la main, tout était très sombre, les lumières des deux wagons jetaient un peu de jaune sur les bords des voies, il eut le temps de se dire que la nuit normande lui avait joué un tour de plus, un truc de sorcière. Il passa devant la motrice et aperçut, un peu en dessous, les traces brillantes de deux traînées de sang.

Il eut soudain très chaud à la tête, comme une fièvre, se dit merde et remerde et putain de merde comme si c'était une prière au diable, et longea sans respirer, en boitillant, les wagons où les gens semblaient tous se relever d'une chute, d'une pagaille. Ça gueulait, ça regardait aux fenêtres, un enfant hurlait. Bordel, c'est sur moi que ça tombe, il eut encore le temps de se dire, vite il faut faire quelque chose, prévenir les pompiers et la gare de Dieppe. Charles entendit derrière lui le chef de train qui l'appelait mais il ne pouvait pas s'arrêter, il marchait dans la nuit comme un automate.

Il trouva vite les deux corps écharpés, en bouillie, en morceaux, il ne compta pas, il éclata en sanglots.

Et puis, s'avançant un peu plus loin entre les rails, restant sourd aux appels derrière lui, comme s'il avait une fanfare désaccordée dans la tête, Charles vit alors, dans le faisceau un peu glauque de sa lampe, les deux mains attachées par des menottes au rail. L'une était coupée écrasée net et l'autre avait un avant-bras. Avant de s'évanouir, Charles eut le temps de se redire une fois de plus qu'il fallait que ça tombe sur lui, merde.

2

— Je parie qu'il est en train de lire le truc sur le suicide sous le train ! beugla Gérard en s'essuyant les mains au torchon. Je parie vingt balles.

— Tenu ! répliqua un petit gros en costard qui s'arracha du zinc et s'avança vers la table.

Prudemment, il se glissa derrière Gabriel et lut, par-dessus son épaule, l'article du Parisien étalé sur la table et coincé, en haut à droite par une tasse à café et à gauche par une soucoupe constellée de miettes de croissants.

— Menottés aux rails ! il cria en lisant le gros titre, d'assez loin.

— Fous-moi la paix... marmonna Gabriel en s'agitant sur sa chaise.

Le petit gros venait de perdre vingt francs. Sans rechigner, il revint au bar, claqua deux pièces de dix sur le zinc et finit son pastis. Gérard, l'air triomphant, prit les jaunets et les jeta dans la boîte à pourboires, avec la maestria d'un vrai basketteur de comptoir.

— Pour le personnel !

— Je me suis fait avoir, soupira le petit gros. Mais ça aurait pu être l'article sur la fusillade de Montmagny. Ils ont quand même dessoudé trois types au fusil-mitrailleur. C'est quand même pas tous les jours qu'on voit ça.

— Ouais, mais c'est pas saignant. Gabriel il aime quand y a du raisiné partout. Et là, il est gâté. Sur plus de cent mètres, ils ont repeint la voie, les deux petits jeunes... Et ils risquaient pas de se sauver ! Ils s'étaient attachés avec des menottes, les menottes attachées à des antivols, les antivols passés autour des rails. Et on a retrouvé, enfin on, les toubibs de l'autopsie, ils ont retrouvé les clefs des cadenas et des menottes dans l'estomac du type et de la fille. Ça, c'est du suicide, c'est pas comme les pilules, où on se flingue en attendant l'ambulance... Quand on veut vraiment se bousiller, on met le paquet, honneur aux braves !

Gérard pérorait, comme à son habitude. Il régnait sur son bar-restaurant comme Théodora sur Byzance. Il servait, en salle comme au comptoir, tenait le crachoir et la caisse, veillait sur son petit monde, accueillait les nouveaux, respectait les anciens, et s'occupait de la santé morale et physique des habitués.

Dont Gabriel, qui, chaque matin depuis le début du monde, venait prendre son double express et ses trois tartines à la même table. Aujourd'hui serait un jour spécial, s'était même dit Gérard quand l'autre lui avait demandé des croissants. Et Gabriel passait invariablement trois quarts d'heure à lire le journal et les faits divers. Là-dessus s'enclenchait toujours une âpre discussion sur la portée de ces événements macabres, l'un traitant l'autre d'abruti qui n'y connaissait rien et l'autre assenant à l'un ce qu'il était trop con pour ne pas avoir lu entre les lignes. Pour Gérard, ces tranches de malheur étaient le signe de la connerie des gens, pour Gabriel c'était la preuve que le monde allait très mal. Les clients, habitués ou non, assistant à ces joutes verbales, avaient la délicieuse impression d'être au Palais-Bourbon, un jour de grand débat. Ils comptaient les points et rigolaient souvent, ne prenant jamais partie, car l'un était le patron de leur rade préféré et l'autre un type costaud de presque deux mètres de haut et un rien ombrageux, avec des bras d'une longueur un peu anormale.

— C'est un vrai suicide, ça au moins, continua le patron du bistrot. Ils ont même laissé une lettre. Alors, hein...

— Pourquoi tu t'énerves ? lança Gabriel.

— Parce que je te vois venir, si tu crois que je te vois pas venir avec tes airs par en dessous...

— Mais non, tu vois rien. Tu vois rien comme d'habitude. Et tu vois rien parce qu'il n'y a rien à voir.

Gérard n'était pas du genre à s'en laisser conter. Il savait, comme le militant de base qu'il n'avait pourtant jamais été, changer habilement de sujet pour anesthésier l'adversaire. Et, suprême habileté, en prenant à témoin quelqu'un d'autre. Là, c'est le petit gros en costard qui reçut l'anathème.

— En plus, ce journal, il chie dessus, mais il le dévore tous les matins... Gabriel, c'est un cropophage.

— On dit coprophage, quand on n'est pas un limonadier analphabète, répliqua Gabriel.

Pour couper court et ne pas admettre sa défaite sémantique, Gérard se mit à gueuler comme une vache folle, en direction des cuisines, appelant Vlad pour qu'il aille faire pisser Léon, le clebs local, un de ces bergers allemands de café paranoïaque à force d'être gentil le jour et féroce la nuit, un monstre pelé aux yeux légèrement voilés par l'âge, qui se tenait sur son cul près de la table de Gabriel, espérant le susucre interdit. Gabriel l'aimait quand même un peu, ce clébard, à force de le voir planté comme un sphinx tous les matins, alors qu'il avait une sainte horreur des chiens et des pigeons, les premiers beurrant consciencieusement les trottoirs de son arrondissement et les seconds bouffant les déjections des premiers. Il l'aimait bien, Léon, parce qu'il était comme une potiche intégrée au mobilier de son rade favori, un café qui fonctionnait, dans son appartement personnel, comme le salon ou la bibliothèque. La chambre, c'était toujours celle d'un hôtel, jamais le même, en ce moment, c'était l'hôtel des Taillandiers, dans la rue du même nom. Mais ce café où vociférait Gérard, jamais Gabriel ne l'aurait trahi pour un de ces bars à tapas qui fleurissaient dans les environs, pour une de ces pizzas à la graisse de noix, encore moins pour ces bistrots tapageurs aux appellations plus ou moins nocturnes qui ravageaient les pourtours de la Roquette.

Son bistrot, en plus, avait un nom pas croyable, le blaze impossible pour donner un rendez-vous. « Au Pied de Porc à la Sainte-Scolasse ». Recette célèbre d'une petite ville de l'Orne d'où était, bien entendu, originaire, le patron. Et le Tout-Paris, enfin, celui qui pensait que le pied de cochon valait bien, question nirvana des papilles, la surfaite tête de veau, débarquait dans ce resto qui ne payait pas de mine, pour déguster ce taj mahal en gelée. La recette, dont certains ingrédients étaient tenus secrets par Gérard, était affichée au mur, avec un historique genre Alain Decaux et ravissait les clients dont une bonne moitié la recopiait en espérant faire aussi bien que le maître des lieux. A midi, c'était plus que le coup de feu, ça sentait carrément la cordite, tout le monde était sur le coup, Gérard, Vlad, et Maria, la bourgeoise du patron, car les réticents à la papatte de cochon pouvaient quand même déguster d'autres plats aussi antiques que succulents.

Mais Gérard refusait de servir deux repas par jour en admettant qu'un pied en gelée à la sauce brune (cognac et pruneaux) suffisait à faire travailler le foie pendant vingt-quatre heures. Le matin et le soir, les lieux retournaient à leur fonction première, celle de bistrot, de rade conforme à tous ceux du coin, de Charonne à Ledru-Rollin, avec ses lampes orange, son papier peint marron clair à gros motifs, ses douze kalanchoés sur les tables et une énorme photo murale de la place de la Mairie de Sainte-Scolasse. Alors, fleurissaient, plantés dans la sciure mélangée aux mégots, les habitués.

Et Gabriel, on pouvait le voir là tous les matins, à peu près à la même heure, toujours à la même table, près de la vitrine. Parfois, il disparaissait pendant des jours, quelquefois des semaines, mais on avait des nouvelles, des cartes postales, il voyageait, et n'avouait jamais ce qu'il pouvait bien foutre dans toutes ses pérégrinations. Quand il revenait, les habitués, soulagés, voyaient sa grande carcasse dégingandée traverser l'avenue Ledru-Rollin, avec ses bras trop longs dont il ne savait pas quoi faire, et s'écriaient :

— Tiens ! Revoilà le Poulpe !

— Avec deux bras de plus, rigolait Gérard, content de revoir ce client de plus de vingt ans.

Vlad, grand échalas à la tignasse hirsute, revint fissa de l'extérieur, Léon, vidé, à ses basques. Sans un mot comme d'habitude. Sous le regard compatissant de Gérard qui avait toujours l'impression d'être Clovis regardant passer Attila.

— Ce mec-là, au Moyen Age, ça aurait pu être Dracula, dit le petit gros en costard.

— Dites pas de conneries, en Roumanie, c'était un grand médecin. Et faut être un intellectuel pour apprendre aussi vite à faire le pied de cochon...

— Il était peut-être podologue, ou pédicure, avant...

— Allez, tu paies ton coup et tu me lâches. J'ai pas envie de m'énerver, c'est lundi.

Les habitués rigolèrent, c'était une façon de se mettre dans les bonnes grâces du patron. Et puis se mirent à parler politique.

Gabriel n'écoutait pas. Il lisait toujours le journal. Et revenait sans cesse à cette horrible histoire de suicide. Un frisson parcourait son immense dos quand il se mettait à imaginer la scène, celle où les deux ados s'attachaient aux rails et se forçaient à avaler les clefs d'antivols. Fallait plus que du désespoir pour être organisé pareillement. Fallait être sûr que l'Enfer était déjà sur terre.

Dans l'article, hors le saignant habituel, il n'y avait pas beaucoup de renseignements sur l'origine des gamins. Leur âge seulement, dix-sept et dix-neuf ans. Mais rien sur leur famille, sur leur situation, ce qui faisait dire à Gabriel que ce devait être des gosses normaux, issus de familles normales. Sinon on aurait eu droit au couplet sur la misère, la drogue, le désœuvrement, le squat et tout le bordel. Mais là, rien. Nib. Sinon qu'ils avaient laissé une lettre expliquant leur geste et que ça suffisait pour les gendarmes. Une lettre émouvante, précisait le correspondant.

Gabriel nota son nom, comme ça, une manière de commencer le boulot. Parce qu'il savait que c'était reparti pour un tour. A un rien, une lueur, une intuition, une petite voix venue d'ailleurs, la voix sans doute de l'un des deux gamins éparpillés sur un ballast de Haute-Normandie.

Gérard s'était approché de Gabriel, le torchon à la main, jetant un coup d'œil par-dessus l'épaule de son immense client.

— Faut quand même être tordu du bulbe pour faire ça… Le coup des cadenas…

— Quand on se jette sous un train, on se jette sous un train. Là, je trouve que ça fait un peu western.

— Sauf que Zorro n'est pas arrivé.

— Non, répondit doucement Gabriel. Et même s'il était arrivé, Zorro, il lui aurait fallu un sacré matériel, scies à métaux et pinces coupantes. Ça colle pas, ce truc. Moi, je sens ça bizarre.

— Tu vois le mal partout. T'as du Zola dans la tête. Du gorgonzola, même.

— Parce que, pour toi, se flinguer, c'est normal ?

— On est en république. Chacun fait ce qu'il veut.

— Ouais. Et quand il veut pas, chacun, qu'est-ce qu'on fait ? On l'attache ?

— Ça y est, ça recommence ! beugla Gérard qui se mit à astiquer férocement les tables en formica, s'enfuyant vers les cuisines. On va y avoir droit au couplet !

Maria, sa femme, une Catalane reconvertie par amour dans

les abats, déboula dans la salle avec son caddie à trois roues rempli à ras bord.

— J'ai du bar pas cher, elle déclara dans un silence respectueux.

Mais avant de foncer en cuisine, elle fit un slalom entre les tables pour venir embrasser Gabriel sur le front.

— Salut Durutti, lui dit Gabriel sans lever la tête.

— CNT/FAI ! elle cria en fermant le poing.

— CNPF/RATP ! hurla Gérard de la cuisine. Grouille-toi, Maria, on est à la bourre ! J'ai vingt pieds pour midi.

Gabriel s'étira sur sa chaise et regarda les autres clients. Le petit gros en costard finissait son 102 pensivement, une jambe repliée derrière l'autre. C'était le comptable de la boîte de location de matériel et costumes pour le cinéma et la télé de la rue Basfroi. Au fond, assis sur la moleskine glissante, il y avait le « professeur », qui carburait au muscadet et qui terminait depuis quatre ans sa thèse sur un philosophe français, Malebranche. Avec un nom pareil, vous allez scier votre carrière, avait finement émis Gérard. Il y avait les deux types de la société d'informatique, juste à côté, qui venaient se mac-intoxiquer au Martini, le marchand de bois au détail qui fonctionnait au double express et les vendeurs de moquette en gros du carrefour Charonne qui venaient souvent discuter bière avec Gabriel et qui le considéraient comme un dieu tutélaire depuis qu'il leur avait dit que, lui, avait bu, en Suisse, de la Schmillhaus, la bière la plus forte du monde. Ils étaient à peu près tous là, plus un ou deux clients de passage, et Gabriel les observait. Mais son regard les transperçait, car ses pensées étaient nonchalantes, nerveuses et émues à la fois. Comme un léger manque. Comme à chaque fois qu'il allait repartir. C'était une sensation qui lui procurait un certain plaisir, il allait bouger, il allait exercer sa part sociale, et aussi une peur diffuse car il allait affronter la brutalité générale du monde.

Il se leva, paya son café et ses trois tartines. Gérard le regardait en coin. Il avait compris. Et ne poserait pas de questions.

— A bientôt, le Poulpe... Que saint Jambon te protège...

Gabriel lui sourit plutôt comme une murène et sortit dans l'avenue Ledru-Rollin.

De l'autre côté de la rue, une contractuelle mettait des prunes sur les pare-brise. Gabriel, nonchalant, s'approcha d'elle, traversant l'avenue.

La femme l'aperçut, blanchit, déchira la contravention et partit direct vers Charonne.

3

L'autorail démarra. Bruit de ferraille, lumière glauque, ronflement emballé du diesel. Gabriel frissonna un peu. Ça faisait une semaine exactement que les mêmes deux wagons jaune et rouge avaient, un peu plus loin sur la ligne, réduit en bouillie deux beaux et jeunes corps d'adolescents en crise.

Il enleva sa casquette de toile, se cala contre la fenêtre et tenta, à travers la vitre, d'apercevoir ce que pouvait être la vie, dehors. Mais il y avait un noir presque complet, mat, profond. Autour de lui, quelques voyageurs, dont deux familles de Blacks au grand complet, avec valises et baluchons, boubous fatigués et mômes assommés. Des gens venant de loin et allant sans doute en Angleterre par le car-ferry. Arriver dans la terre promise par le port de Newhaven allait, pour eux, être une sacrée expérience qui devrait bien valoir celle des immigrants du début du siècle débarquant sur les wharfs de New York.

Gabriel tenta de se détendre. La semaine avait été rude, comme à chaque fois qu'il partait. Il lui avait fallu payer sa chambre d'hôtel, la débarrasser de ses affaires, deux gros sacs de voyage en cuir, et porter le tout dans le grenier de Cheryl. Pas question d'encombrer le petit appartement de la dame qui était aussi précisément rangé et décoré qu'une chambre de poupée Barbie. Et il avait dû surtout affronter les regards et récriminations muettes de sa copine, qui n'était pas du genre à s'arracher les cheveux, non, Cheryl était coiffeuse et le brushing c'était sacré, mais qui se mettait à faire profondément et tout simplement la gueule. Cheryl avait, depuis cinq ans, ouvert un petit et coquet salon de coiffure dans la rue Popincourt, avec l'appartement au-dessus, douze murs décorés de ses photos préférées d'Elsa Martinelli, Michelle Pfeiffer et Marilyn Monroe, trois pièces à dominante rose, à texture synthétique, et habitées par un nombre incroyable de peluches. Il avait fallu à Gabriel sa patience coutumière pour supporter les grimaces figées de la jeune femme, qui n'arrivaient même pas à l'enlaidir, et une résistance physique à toute épreuve pour faire l'amour avec elle, car Cheryl pensait, avant chaque départ de son amant de toujours, que c'était la dernière fois qu'elle le touchait.

Il avait dû préparer son départ, prendre ses « affaires », des vêtements dont sa casquette de combat, comme il disait, divers papiers d'identité, dont la plupart étaient faux, choisir un livre pour méditer dans les temps creux, et empaqueter dans une serviette de toilette un peu huileuse, une arme. Ce coup-ci, Pedro lui avait refilé un pistolet Beretta, numéro limé, avec trois chargeurs. La discussion obligatoire avec le vieil imprimeur avait vite mal tourné, Gabriel étant bien comme son père, une tête de mule qui confondait le Real Madrid avec l'Atlético. Ils s'étaient quittés pourtant en serrant contre eux leurs larges poitrines, Pedro enfournant dans sa poche les dix mille balles usuelles et Gabriel réchauffant contre lui une arme dont il ne saurait jamais si elle avait déjà servi.

Il leva la tête pour voir son petit sac à dos en toile qui reposait au-dessus et qui bougeait légèrement à cause des cahots. Il pensa un court instant qu'une fois de plus, il se retrouvait tout seul, qu'il avait rompu des amarres, qu'il était un peu comme un mousse ne sachant pas où il allait s'embarquer et ce que réservait l'avenir. Tout ce qu'il pressentait, c'est que ça serait rude. Son intuition ne l'avait jamais trompé. Et les picotements caractéristiques étaient bien là.

Il était un peu comme ces Africains, sur les sièges à côté. Décalé. Regardant le noir, dehors, comme si toute cette obscurité était déjà la parabole de leur vie future. Mais lui n'avait pas d'attaches, pas de mômes. Pas d'adresse fixe non plus. Sa seule base arrière était Cheryl, si l'on pouvait dire. Elle acceptait de garder en silence ses maigres effets et ne posait jamais de questions. Gabriel la connaissait depuis l'école primaire de la rue Saint-Bernard, la jolie Cheryl, et peu à peu ils étaient devenus amants réguliers et intermittents. Sous ses vêtements un peu clinquants et parfois d'un parfait mauvais goût, Cheryl cachait un corps de déesse, nerveux, aguerri, et leurs jeux érotiques s'apparentaient parfois au catch à quatre, les grands bras gauches de Gabriel ne lui étant pas vraiment suffisants dans les grandes occases. Elle était intelligente, et parfois sa culture générale épatait Gabriel qui se demandait comment elle pouvait savoir tout ça en ne lisant que les hebdos à la con qu'elle recevait gratis pour son salon de coiffure.

En tout cas, grâce à elle et à sa pratique hôtelière, il pouvait passer, en piéton anonyme, à travers les mailles du filet social. Pas d'impôts, pas de banque, pas de factures téléphoniques, pas d'EDF. Sa santé de fer lui avait pour l'instant évité la complexité de la Sécurité sociale et une bonne douzaine de faux papiers en tout genre, bénins mais très utiles, lui avaient permis de ne pas se faire trop remarquer. Il n'était pas vraiment seul, mais plutôt solitaire. Nuance. Un loup. Il aurait aimé être réincarné en loup. Manque de bol, les autres, au café, l'appelaient le Poulpe. Il n'était pas du genre visqueux. Tentaculaire, peut-être, mais visqueux non. Et puis son œil était loin d'être globuleux. De velours, oui. On ne choisit pas son sobriquet.

Pour l'instant, ses yeux se fermaient doucement, malgré le

fracas des roues et les secousses de l'autorail qui bourrait dans la nuit. Le conducteur était pressé de rentrer chez lui, ou d'aller sur le port s'en jeter un. Peut-être que c'était le même qui avait vu le dernier regard des enfants vivants. On verrait bien.

Gabriel se leva et sortit le livre de son sac. Il avait emporté un recueil de haïkus, une étude sur un de ses poètes préférés, Matsuo Bashô. Il en choisit un pour méditer.

La tête vide
Quand j'ai sommeil
Tout m'est bruit.

C'était bien vrai. Il n'y avait pas à beaucoup réfléchir là-dessus.

4

L'autorail s'arrêta dans la spacieuse gare de Dieppe avec deux minutes d'avance, à 22 h 41. Gabriel sauta sur un quai quasi désert, avec plus loin, l'immense et désormais dérisoire hall, salle des pas complètement perdus, vide lui aussi, à part deux ou trois personnes attendant des voyageurs.

Il faisait frais et dans l'air, déjà, passait une forte teneur d'iode et de marée. Gabriel respira à fond. Ça ne sentait pas le XIe mais il aimait cette odeur, celle qui s'échappait des romans de Conrad ou de Traven qu'il relisait sans cesse.

Il longea le premier wagon et attendit que tout le monde le double et que le conducteur descende de sa cabine.

Un type jeune en blouson de nylon. Les cheveux blonds. Un air fatigué. Qui le regarda avec l'air de celui qui se dit encore un gusse qui veut visiter la cabine de pilotage, un mordu des trains, un abonné à *La Vie du Rail*.

— Bonsoir, je peux vous poser une question ? dit doucement Gabriel.

— Allez-y toujours, on verra bien.

— Je travaille pour *Libération*. Je fais une enquête... Vous devinez sur quoi, je présume...

— Sur le déplacement de la gare maritime ?

C'était bon, ça, pensa Gabriel. Le type faisait de l'humour. Ça prouvait qu'il allait parler, qu'il avait envie de parler un peu.

— Non. C'est vous qui conduisiez l'autorail samedi dernier ?

— Non. Moi, je suis sur Fécamp. Je remplace. Celui que vous cherchez est en arrêt maladie. Pour un bout de temps. On m'a dit qu'il était bien choqué.

— Ça se comprend. Bon... Excusez-moi.

— Y a pas de mal. Si ça m'était arrivé, je sais pas comment

j'aurais réagi. C'est quand même une belle vacherie... C'est la loterie... Remarquez, je me plains pas, je conduirais le métro, à Paris, les statistiques seraient plus fortes...

— Dans le métro, les jeunes, ils n'auraient pas eu le temps de s'attacher aux rails.

— C'est vrai. Quelle vacherie! On se demande.

— Bonsoir. Merci.

Gabriel traversa le hall désert, ses pas résonnaient sur le sol uniformément lisse, vide, propre.

Devant la gare, un bus avalait les familles blacks avec leurs gosses hurlants, furieux d'avoir été réveillés de leurs rêves de griots. Direction la gare maritime.

Un taxi le regarda d'un air amène, mais Gabriel partit à pied, le long de rails de chemin de fer qui devaient amener, avant, les trains directement dans les bateaux. Il y avait un bon kilomètre à se farcir jusqu'au port intérieur de Dieppe, la vieille ville dont il voyait les lumières plus loin, et tous ces endroits chauds encore ouverts à cette heure. Gabriel avait faim et pensait à la sauce dieppoise, les câpres et les petits fruits de mer.

Pour l'instant, l'avenue était déserte, quelques voitures le frôlaient, il mit son sac sur le dos, revissa sa casquette sur son crâne, et marcha d'un bon pas, humant le vent, se demandant comment cette odeur d'algues pouvait ressembler aussi à celle du sang.

Une voiture glissa près de lui, il l'avait entendue de loin, de la musique techno à plein tube s'échappait du véhicule, et, passant à son niveau, des hurlements de jeunes en piste.

— Allez le baba! Une deux, une deux! Les chèvres t'attendent! Au boulot!

Gabriel ne répondit pas, la jeunesse avinée lui faisait peur parce qu'elle ne savait jamais ce qu'elle faisait et c'était souvent comme cela que les merdes arrivaient, parce que les types se sentaient les maîtres du monde.

— C'est un rosbif! hurla un type.

La voiture s'arrêta dans un crissement de freins et Gabriel se dit bordel.

Passant à côté du véhicule, il les regarda patiemment, sans s'arrêter. Quatre types hilares. Allumés. Les soirs de Dieppe. L'ennui qu'il faut tromper. Le n'importe quoi. Le quart d'heure américain. L'adrénaline à l'œil.

— On t'emmène? dit un type en ouvrant la portière de la Fiat. (Un jeune. A peine dix-huit ans. Un type qui aurait pu s'attacher sur des rails.)

— Non, merci, dit Gabriel.

— C'est pas un bif! s'extasia une voix, à l'intérieur...

— On pue, peut-être ?
— Non, non... C'est pas ça.
Il s'arrêta et regarda le type dans les yeux.
— Non. Mais j'ai de grandes jambes... Et des grands bras. Et si je m'assois dans ta petite voiture de merde, il y a le cran d'arrêt qui va me gêner, là, dans la poche. Je voudrais pas me faire mal.
Le jeune type se dandina sur place.
— Bon. Tu peux aller te faire enculer.
— Pas par toi.
— On parie ?
— Allez, vas-y... Viens...
Gabriel recula d'un pas, prenant ses distances, et écarta ses grands bras. L'autre le détailla alors d'un autre œil, se demandant s'il n'était pas tombé sur un fana de kung-fu ou d'ultimate fighting. Il hésita deux secondes. Deux secondes de trop, se rassura Gabriel.
— Grand con ! dit le jeune allumé en se renfournant dans la voiture qui démarra aussi sec.
Gabriel se prit quelques invectives au passage, mais ça ne faisait rien, il était content, il avait évité la baston. Il avait fait l'essentiel. Une bagarre de rue, c'est toujours un petit malheur qu'il faut ôter au monde, qui n'est jamais indispensable, qui ne laisse que du mauvais goût dans la bouche.
Eh bien, ça commençait sur les jantes.
Il entra, quai Henri IV, dans le premier bar qu'il rencontra, bourré de monde. Au Tout va bien, ça s'appelait. Pourquoi pas ? Il but avec délices une bière blanche à la pression, amertume sur miel, arrière-goût de lait et de saumure. Et commanda une sole grillée. Ça allait mieux. Dieppe devenait une ville formidable. S'ils avaient vécu, ses parents l'auraient peut-être emmené là en week-end, avec la petite sœur qui n'avait jamais vu le jour. Et Gabriel, le cœur serré, se dit qu'il y avait un rapport entre sa présence ici et sa propre histoire. Après tout, ses parents avaient été un peu comme les jeunes sous le train, écrasés immanquablement par de la ferraille. Eux, c'était en bagnole, sur la RN 86, près de La Voulte. Gabriel avait cinq ans. Et le temps avait estompé les images. Il ne se souvenait plus des visages, il ressentait encore quelques sensations précises, sa mère qui le faisait sauter sur ses genoux, son père qui puait l'encre d'imprimerie... Mes parents sont morts il y a trente ans et moi, je mange de la sole grillée à Dieppe, et le monde est bizarrement foutu, se dit-il.

5

Par la fenêtre ouverte, il regardait la Manche, une immense flaque gris et vert pâle, au fond, près de l'horizon, comme pour faire une différence avec le ciel. Un ferry blanc partait, de biais, pour la Grande-Bretagne. Gabriel respira à fond en observant le front de mer, une énorme esplanade, un parking bordé par un mur d'immeubles, et la plage, au loin, qu'on ne voyait qu'à peine. En se penchant, il put voir le château médiéval, à flanc de colline, une sorte de gros anachronisme de pierre grise. Et la falaise, pas loin, de chaque côté, comme une tranche de gâteau de craie coiffée d'herbes maigres. Sur la droite, au loin, bordée de brume, une autre forteresse, moderne celle-là, une centrale atomique.

C'était un vrai matin de la fin du XXe siècle.

Sa chambre d'hôtel était spacieuse, agréable, tranquille. Il avait mis le prix, en liquide comme toujours. L'Epsom Hotel. A deux pas du Casino qu'il avait aperçu, en pleine nuit, luire faiblement de ses feux si peu tentateurs. Il ne pouvait s'ôter de la tête que casino, en italien, ça voulait dire bordel...

Gabriel se sentait bien. La mer peut-être. Si la Méditerranée lui évoquait le Technicolor, l'Océan les films de Rohmer et les familles de médecins, la Manche lui plaisait parce qu'elle n'avait vraiment rien, mais alors vraiment rien pour plaire. Grise, froide, embrumée, le mauvais air des pièges, l'ambiance naufrage glacial, avec les cris des presque noyés perçant la brume. Une mer à sous-marins. Une flotte à la Mac Orlan.

Il s'ébroua. Fallait pas traîner, il n'était pas là en vacances, même si pour lui les vacances avaient quelque chose de permanent. Quelqu'un qui haïssait autant le travail, et notamment celui salarié, avait toujours une petite honte, une gêne tenace même pour se dire, allez, au boulot...

Il se promena dans la vieille ville, prenant le pouls, humant l'humeur. Il sacrifia à la bienséance en allant prendre un crème, place du Puits-Salé, dans le mythique Café des Tribunaux, lut la presse locale, repéra quelques adresses, se balada dans les alentours pour situer où se trouvaient les lycées, les écoles, les gendarmeries, les bureaux locaux de la presse, bref, le repérage moyen. A la fin de la journée, il était fourbu, mais se reconnaissait à peu près dans chaque rue, sachant presque instantanément où il se trouvait exactement, la direction de la gare, celle du port, celle de la banlieue pourrie.

C'était facile, Dieppe était dans une sorte de cuvette, une faille longue dans la falaise. Et puis c'était une petite ville.

Gabriel était fourbu. Il avait passé un bon dimanche. Il était prêt. Demain, ça serait lundi et ça serait ravioli, comme disaient les mômes à la cantine de l'école de la rue Saint-Bernard.

6

Le lendemain matin, Gabriel fonça, après un petit déjeuner que n'aurait pas dédaigné l'ogre de Jack et le Haricot Magique, au siège des *Informations dieppoises*, un journal appelé aussi *La Vigie*, paraissant deux fois par semaine et couvrant efficacement la région.

Il se présenta comme un chercheur du CNRS, Henri Wajman, pour cela il avait chaussé de fines lunettes d'acier car il savait par expérience que ce genre de bésicles en imposait question intellect et que les braqueurs de banque portent rarement ce genre d'accessoires. Sa fausse lettre d'introduction, mentionnant son travail en psychosociologie et signée par Edgar Morin, il la montra au rédacteur en chef adjoint, le premier sur la liste, le vrai chef étant à Paris pour représenter sa feuille de chou dans un symposium.

Le rédac adjoint était affable, un peu timide, et myope, mais dès qu'il décrypta l'en-tête du CNRS, c'était comme s'il avait vu le sceau de Toutankhamon.

— Ça fait cinq ans que je travaille sur le suicide adolescent, dit Gabriel d'une voix mielleuse. D'abord d'un point de vue statistique, mais aussi comme ébauche d'une théorie psychopathologique de la suppression de soi. Je croyais tout avoir vu. Mais il y a une semaine, dans votre région... C'est monstrueux...

— C'est horrible, en effet...

— Je ne pouvais qu'en tenir compte. Pour mon travail.

— Bien entendu. J'ai moi-même écrit les articles. J'étais de permanence dimanche matin. Un hasard. Un hasard que j'aurais volontiers évité...

— Vous avez été sur place ?

— Il a bien fallu...

Gabriel le regardait pensivement, comme s'il buvait ses paroles. Mais il savait qu'il n'avait pas affaire au premier pékin moyen et que ce ne serait pas si facile que ça pour le faire cracher des informations confidentielles. Il décida d'élever le débat, les détails viendraient après.

— Je peux vous dire qu'une telle détermination, c'est assez rare. Ce n'était pas qu'une simple mise en scène. Il y avait presque... comment dire... quelque chose que l'on pourrait apparenter à du rituel...

Son vis-à-vis profita de la brèche en levant une main, comme s'il voulait dire: Là, mon cher, vous êtes en pleine science-fiction.

— Je n'irai pas jusque-là. Il y a eu, certes, grandiloquence, mais au moment du passage à l'acte, la pulsion de mort est toujours la même.

— Exact, trancha Gabriel qui n'avait absolument rien compris de la péroraison... Exact et étonnant. A cet âge. La fille était mineure, je crois.

— Dix-sept ans et trois mois.

— Milieu modeste.

— Pas du tout. Des bourgeois, des grands bourgeois, même, de ceux qui aiment bien s'affubler de particules. Varengeville, vous connaissez ?

— Oui, mentit Gabriel.

— Bon. Vous comprenez alors ce que je veux vous dire. C'était le garçon qui était plutôt d'un milieu plus modeste. Des commerçants de Dieppe. Des petits commerçants. Lui était majeur, depuis peu. Il fréquentait le même lycée que la fille. Tous les deux en terminale.

— Tous les deux en terminale...

Gabriel sentait que le type coinçait, qu'il se rendait compte qu'il parlait sans s'en rendre compte. Fallait jouer serré.

— Bien entendu, dans le respect de l'anonymat, je ne vous demanderai pas les noms des suicidés. Mais on a parlé, dans la presse, d'une lettre d'explication. C'est à vrai dire, la chose qui m'intéresse le plus dans cette histoire et pour ma recherche. Est-ce que vous l'avez vue, cette lettre, ou lue, peut-être ?...

Le type tourna trois cents fois sa langue dans sa bouche.

— Je peux vous faire confiance, monsieur Waxman ?

— Wajman. Je ne suis pas un journaliste, je suis un chercheur.

Le type soupira.

— Les gendarmes me l'ont fait lire. J'en ai même fait une photocopie. L'affaire est classée. Je ne voudrais pas que cette, comment dire, indélicatesse, réapparaisse en plein jour...

— Le CNRS, c'est sérieux, vous savez... Ce n'est pas une agence de presse.

— Bon.

Le rédacteur en chef farfouilla dans un classeur et sortit une enveloppe kraft non collée qu'il tendit à Gabriel qui pensait justement à un haïku, « les escargots, on ne peut s'y fier, leurs cornes bougent »... Il sortit de l'enveloppe la photocopie un peu froissée d'une lettre manuscrite, finement et régulièrement écrite :

« Vendredi, jour de Vénus.

» Le monde est mort pour nous. Notre amour est fort, trop fort pour qu'on puisse le confronter à la saloperie de l'ailleurs. L'enfer c'est les autres. Nous vous disons, à tous, adieu. A certains de nos proches, ces quelques amis en qui nous avons perçu la même force que celle que nous trouverons en nous-mêmes demain, nous disons à bientôt. Nous n'implorons aucun pardon, pas même celui de nos parents. Qu'ils ne soient simplement pas tristes. Nous sommes plus heureux maintenant que nous ne le serons jamais. Le monde est trop dur, complexe, menaçant. Nous avons décidé, non pas de perdre, mais de NOUS perdre. Bon courage à vous tous, c'est vous qui en avez besoin. Ne rendez personne responsable. Nous sommes libres. On s'aime. On vous aime.

» Bérénice et Frédéric. »

Gabriel engrangea les deux prénoms dans un coin de sa boîte crânienne.

— Belle lettre.

— Y a même une citation de Sartre... Typique des élèves de philo.

— Les parents, en lisant ça, ont dû avoir deux fois plus de remords. On a deux fois plus de mal de perdre des enfants aussi brillants. Il n'y a pas une seule faute d'orthographe et deux subjonctifs.

— Je vois le spécialiste... Les parents de la fille, je ne sais pas, dans la grande bourgeoisie, tout est un peu plus impénétrable qu'ailleurs, les convenances, le spectacle social, tout ça. Les parents du jeune homme, ils sont partis avant-hier. Ils ont enterré leur fils mercredi, ont mis leur fromagerie en vente jeudi, et samedi ils déménageaient. Destination X. Avec leur deuxième garçon...

— La jeune suicidée... Fille unique ?

— Vous rigolez ? Sept enfants... Enfin... six, maintenant.

Gabriel fit le silence, mimant une intense réflexion, tentant de se faire la tronche du sociologue en plein rut.

— Dieppe... Comment dire ?... C'est pas plus pathogène qu'ailleurs...

— Pas vraiment. Ça dépend comment on le prend.

Le journaliste se leva, allant vers la fenêtre, la vue donnait sur des maisons en brique rouge, des toits de tuiles un peu plus roses, et le vert anglais des collines plus loin.

— Dix-sept pour cent de chômeurs, des industries un peu à la dérive, Rouen a tendance à tout rafler. La pêche... Que dire ?

Ça devient presque folklorique, artisanal. Le tourisme? Les Anglais, ouais... Ceux qui acceptent de faire trois heures de bateau pour venir remplir des cabas entiers de pinard, d'alcool et de mauvaise bière. L'été, il y a un peu plus de monde, des habitués, des fidèles. Ceux qui viennent pour la première fois et qui se caillent les miches tout le mois d'août ne reviennent pas. Ils économisent pour aller aux Seychelles.

Pendant que le rédacteur en chef adjoint dressait ce réjouissant tableau, Gabriel s'était emparé d'une feuille libre qu'il avait ensuite ostensiblement pliée et mise dans l'enveloppe de papier kraft, alors qu'il glissait la photocopie dans sa poche. Il replaça lui-même l'enveloppe sur le dossier, que le rédacteur rangea comme s'il s'agissait d'un trésor.

— Bon... sourit Gabriel. Je crois que je ne vais pas vous importuner plus longtemps... Encore une question, bien que tout ceci me semble un cas d'école, si je peux dire... On appelle ça le syndrome négativo-rimbaldien...

En lui-même, Gabriel était plié de la tête que faisait le journaliste, celle du pékin qui vient de se faire introniser dans une Confrérie Intouchable.

— A votre avis, donc, est-ce que ça vous semble justifié que je tente de parler aux familles, ou bien est-ce trop, voire trop tôt?

— Ils ne vous recevront pas. L'affaire est classée. Les gosses sont enterrés. Les journaux n'en parlent plus. On passe à autre chose...

— La vie continue...

— La vie continue.

7

En sortant du journal, Gabriel prit tout droit jusqu'à ce qu'il rencontrât une cabine téléphonique. C'est-à-dire à peu près cinq cents mètres. Il enferma sa carcasse dans l'habitacle et composa, après le 16 et le 1, le numéro du Pied de Porc à la Sainte-Scolasse.

— Allô? Allô? C'est Gabriel... Qu'est-ce que t'en as à foutre où je suis? Dis-moi, le «professeur», il est là? Ouais, va me le chercher!

Gabriel pianota un petit instant sur le rebord en alu près du poste téléphonique. Derrière la vitre, il voyait un groupe de jeunes gens passer, hilares, rayonnants. Il y avait une fille, avec des cheveux mousseux, et des taches de rousseur sur les pommettes, qui était une splendeur. Une image furtive de Cheryl passa dans la tête de Gabriel. La fourrure rose sur le lit de sa chambre, une épaule soyeuse, le jour passant à travers les rideaux.

— Professeur ? C'est Gaby... Oui, de loin... enfin... pas très loin. Malebranche va bien ?... Bon. Ecoutez, professeur, j'ai un petit service à vous demander. Je vais vous lire une lettre, une lettre d'adieu, écrite par quelqu'un qui va se suicider. Vous me direz ensuite ce que vous en pensez... D'accord ? Merci, professeur...

Gérard, les deux mains appuyées sur le zinc par-dessus l'évier de comptoir, regardait avec curiosité le « professeur », le visage tendu, les yeux dans le vague, ses gros sourcils rabaissés sur les yeux, la main gauche crispée. Comme soudé au téléphone. Qu'est-ce que pouvait bien lui raconter le Poulpe ? Il avait trouvé des documents nouveaux, des archives inconnues sur Malebranche ? Et quand le « prof » changea le combiné de main, quand il se mit à tripoter nerveusement le vieux bottin écorné, Gérard s'approcha, se mettant à astiquer les tables les plus proches de la cabine.

— Je dirais que c'est une belle lettre, mais un peu littéraire, un peu grandiloquente. Il y a du motif, de la référence, mais pas beaucoup d'émotion. Un peu comme une lettre type. A vue de nez, comme ça, écrite par quelqu'un d'une trentaine d'années. Par quelqu'un qui ne court pas le danger qu'il annonce. Le désespoir total trouve des mots bizarres et ne perd pas du temps en faisant du style... Mais je peux me tromper... Il n'y a pas de quoi... Oui, je n'y manquerai pas... Vous êtes où là ?... Ah ! Veinard. Bon... A bientôt.

Le professeur raccrocha et sortit de la cabine.

— Il est où le Gabriel ? Il vous l'a dit à vous ? grommela Gérard.

— A Saint-Tropez. Il cherche une villa pour les vacances...

— Le Poulpe à Saint-Trop ? On croit rêver ! Il a jamais dépassé Montargis au sud et La Ferté-Bernard à l'ouest.

— Aaah ! Venise, rêva le « professeur ».

— Quoi, Venise...

— Eh ben, La Ferté-Bernard, c'est la Venise du Perche, et Montargis, c'est la Venise du Gâtinais. Vous ne le saviez pas ?

Gérard fit la gueule, cherchant une parade, pas question de rester en retard.

— Et moi, j'ai été à Venise sans aller en Italie. C'est dans le Doubs, pas loin de Besançon. Non mais.

Gabriel récupéra sa carte, sortit en trombe de la cabine et partit presque au trot à la poursuite du petit groupe de jeunes qu'il avait aperçu pendant qu'il téléphonait. Il les repéra au moment où il arrivait sur le port intérieur. Les jeunes gens rigolaient et la jeune fille aux cheveux blonds comme de la mousse donnait la main à une espèce de punk sans épingle. Le petit groupe bruissant se sépara, les deux amoureux partant du côté du front de mer.

Il les contourna, traversa l'avenue, jongla avec quelques voitures klaxonnantes et fit demi-tour, prêt à les croiser. Il rejeta sa casquette sur l'arrière de sa large tête, mima le type qui n'était pas d'ici, et, gentiment, les aborda.

— Excusez-moi, je suis journaliste. *Les Inrockuptibles*. Je fais un truc sur des petits groupes indépendants du coin. Je peux vous demander un renseignement ?

C'était comme si le dalaï-lama leur était apparu.

— *Les Inrocks*, c'est un journal de merde. Le rock c'est pas intello. Le rock c'est l'énergie. *Les Inrocks*, c'est mou, cracha, tout fier de son personnage d'incorruptible, le jeune punkoïde qui serra sa meuf contre lui.

— Ça se discute. Je ne suis pas sûr que vous ayez raison, mais je ne suis pas sûr non plus que vous ayez tort.

— On n'est pas en Normandie pour rien, rigola la merveille blonde.

— Non, dit Gabriel doucement, justement. Est-ce qu'il y aurait un café, ou un bar, qui serait un peu le rade préféré des gens du lycée, là-haut ? Où je pourrai en rencontrer quelques-uns ? J'ai déjà rencontré le reste, des jeunes travailleurs, des prolos, des pêcheurs... Ça serait pour avoir un autre son de cloche.

— Et nous, on vous intéresse pas ?

— Vous êtes lycéens ?

— Ça se voit pas ?

— Vous ressemblez plutôt à des espions infiltrés des Renseignements généraux.

La fille blonde se marra. Le punk cherchait si c'était une vanne ou non. La jeune fille montra le haut de la ville.

— Il y a Le Balto, sur l'avenue, en haut, route d'Hautot, ça s'appelle... Y en a plusieurs, mais c'est le plus fréquenté. Question rock, je vous préviens, ça va être dur. C'est plutôt Dance, House et Rave.

— Des nuls, quoi. Des blaireaux qui n'ont pas traversé la Manche, couina le ponque qui voulait en avoir vu d'autres.

Gabriel se força à se marrer.

8

Il déambula un peu dans la ville, pensant souvent à la réaction intuitive et immédiate du « professeur ». Pour attendre l'heure de midi, il alla sur la longue et large plage. C'était marée basse. Des silhouettes lointaines s'agitaient sur le sable mouillé. Il ramassa quelques minuscules morceaux de verre polis par les eaux et le sel, et se rappela son enfance, au Tréport, avec tata Marie-Claude et tonton Emile, qui fermaient le bouclard à Pâques pour venir respirer le bon air du large. Avec sa tante, Gabriel collectionnait ces petits éclats inoffensifs de bouteille, la plupart étaient verts, tata les appelait les « Emeraudes du Tréport », mais on avait parfois la chance d'en trouver des jaunes et des blancs, les plus rares étant les violets. Maintenant, son oncle et sa tante étaient morts eux aussi, du suicide lent du travail. C'étaient eux qui l'avaient élevé, dans une ambiance qui sentait la térébenthine et les clous huileux au poids, et puis ils avaient vendu la quincaillerie de la rue Sedaine juste avant leur retraite et leur rapide disparition dans les limbes du temps. Oh ! l'héritage n'avait pas été très imposant, et les droits, en revanche, conséquents. Mais Gabriel avait su faire fructifier ce pécule familial. En n'y touchant pas. Il se démerdait autrement et n'avait jamais fait de grosses dépenses.

Gabriel observa la brume enveloppant le château médiéval, à flanc de falaise, au-dessus du casino. Pas très loin de son hôtel. Il y avait un musée, derrière les remparts. Gabriel détestait les musées.

Il trouva facilement Le Balto. C'était un des deux bars qui se tenaient à distance respectueuse du lycée, respectant la loi qui est de ne pas installer la débauche à moins de cinq cents mètres d'un lieu de formation ou d'éducation. Il n'y a qu'à se balader en France, n'importe où pour s'apercevoir que la loi a bon dos.

Il était à peu près une heure de l'après-midi. Le coup de feu lycéen.

Gabriel entra dans le bar et fila directement au comptoir, commandant un sec-beurre et une bière. Et qu'est-ce qu'il y avait comme bière ? Le tout-venant. 1664. La date de la bataille de Kronenbourg. Il se rabattit sur une Leffe, une valeur sûre, à l'amertume un peu caramélisée et se retourna pour inspecter la salle remplie de jeunesse exacerbée. Il fut étonné de voir beaucoup de cheveux longs et il pensa à sa jeunesse où les ados ne ressemblaient pas à des vigiles maîtres-chiens. Le Balto était plutôt la base arrière des littéraires, ou du moins de ceux qui voulaient s'en donner l'air. Le mythe Rimbaud était bien plus tenace que celui de Kurt Cobain, et le serait sans doute encore longtemps. Il suffisait de regarder la couverture des livres qui traînaient sur les tables, entre les tasses à café et les verres de limonade.

Il grignota son sandwich en étudiant, du coin de l'œil, les réactions de chaque petit groupe, les rires trop forts, les déprimés et les excités, les hystériques et les nonchalants, ceux qui parlaient beaucoup et ceux qui se forgeaient le personnage du solitaire muet qui n'en pense pas moins mais qu'il faudrait torturer pour qu'il avoue. Et puis il alla s'asseoir, tapa une cigarette à une brune en body, tenta plusieurs fois d'engager la conversation, sans grand succès, les jeunes ne se mélangent pas facilement. Son âge et sa grande taille, son côté ours mal léché avaient du mal à passer la rampe. Et puis il se lança, jouant une fois de plus le journaliste rock, et se planta lamentablement. Les jeunes avaient des goûts nettement plus évolués. Le rock pour le rock, c'était un truc de débile. Il en prit pour son grade en se disant que ce genre de sondage, il ferait mieux de le vendre à ceux qui fomentent les beaux magazines où l'on croit pouvoir s'adresser à la jeunesse en voyant tout ça du haut de ses quarante balais. Très vite, il sut qu'il ne tirerait rien de primordial avec ce genre d'approche et qu'il lui faudrait assez vite passer à du sérieux.

Il repéra alors un de ceux qui l'avaient pris d'assez haut, un chevelu habillé de sombre, sans doute sympathisant lointain d'un syndicat lycéen et écoutant le soir, même pas en cachette, les disques de Léo Ferré, tout en évitant soigneusement les bars du port où il pourrait y avoir des jeunes comme lui, mais un peu moins cultivés et surtout beaucoup plus rasés. Le type buvait beaucoup. Gabriel avait compté deux demis et un Coca. Il n'allait pas tarder à aller au pipi-room. Ce qui se vérifia avant même que Gabriel ait repéré les lieux. Mais il le suivit, de très près, entra derrière lui dans les toilettes et le projeta manu militari dans un des chiottes, bloquant la porte derrière lui. Il lui fila une bonne baffe et le força à s'asseoir sur le couvercle de la cuvette. Le type se mit à trembler, prêt à crier, mais Gabriel mit son doigt sur la bouche en lui filant une deuxième torgnole. Les joues du jeune homme étaient devenues très rouges.

— Ecoute-moi. C'est très simple. Je recherche quelqu'un qui est dans la même classe qu'étaient Bérénice et Frédéric. C'est simple. Tu sais de qui je veux parler ? Bérénice et Frédéric.

— Oui, je sais. Ceux qui...

— Est ce qu'il y en a qui sont dans sa classe, là, dans la salle ?

— Oui.

— Qui ?

— Vous pouvez me casser la gueule. Je n'aiderai jamais un flic.

Normal, pensa Gabriel. Normal et rassurant. Il est de l'autre côté, il s'est pris deux beignes, n'est pas le plus fort, mais va faire de la résistance désespérée. Un mec bien.

— Ecoute-moi bien, Guevara. Je ne suis pas un flic. Les flics, eux, ils ont signé le permis d'inhumer sans enquête. Ça te semble normal que Bérénice et Frédéric se soient flingués ?

— Je sais pas. Tout le monde devient fou, petit à petit.

— Moi aussi, je suis fou.

— Qu'est-ce que vous cherchez, avec vos méthodes de nazi ?

— Ferme les yeux, petit crétin. Allez, ferme les yeux. Si tu connaissais Bérénice et Frédéric, essaie de les imaginer, en pleine nuit, il fait froid, il bruine sans doute, ils arrivent au milieu des rails, peut-être qu'ils sont désespérés, je ne sais pas, mais ils s'attachent avec des menottes et les menottes ils les attachent autour des rails avec des antivols de vélo, et après ils avalent les clefs, une chacun, pour les menottes y a pas besoin de clef, et puis ils attendent l'autorail. Ça te paraît jouable comme truc ?

Le jeune type regardait Gabriel comme une sorte d'ange exterminateur.

— Je sais pas. Tout le monde est libre.

— C'est tout ? T'as vraiment aucune imagination.

Quelqu'un était entré dans les toilettes et avait ouvert le robinet.

— Je vais sortir, et peut-être que je vais dire au type qui est dehors que ce que tu m'as fait, c'était super. Ou peut-être pas... dit Gabriel, tout bas, dans l'oreille du jeune lycéen.

En sortant de la cabine, Gabriel eut la surprise de tomber sur le punk déjà rencontré dans la rue. Le type le regarda comme une apparition, puis parut se souvenir et se remodela le rictus adéquat.

— Dans *Les Inrocks*, vous avez descendu Green Day. C'est dégueulasse.

— Y a des cons partout, même là où je bosse.

— Surtout là où tu bosses.

Gabriel prit sur lui. Il n'était pas là pour cogner sur la génération montante. Il continua à se laver les mains en regardant dans la glace l'air triomphant de son contradicteur. Le punk ouvrit la porte des toilettes.

— Tu pourras dire à tes potes que « Dookie », c'est le meilleur CD de l'année.

— Je leur dirai. Ils seront vachement impressionnés.

Le punk claqua la porte. Le lycéen en profita pour sortir des chiottes. L'air soulagé.

— Je peux vous dire une seule chose. Frédéric ne faisait jamais de vélo. Question antivol, il avait plutôt des gros cadenas, et des chaînes, pour sa mob. Je le vois mal acheter des trucs ringards uniquement pour se flinguer alors que ses chaînes auraient largement suffi.

Ça, c'était un argument largement en béton.

— Je n'étais pas dans leur classe. Moi, je suis en première. A la table près de la fenêtre, derrière le baby-foot, il y a des mecs de terminale.

Gabriel sortit un billet de deux cents balles de sa poche et lui donna.

— C'est pour acheter le CD de l'année. Celui dont parlait l'autre tondu, tout à l'heure.

— J'en veux pas. C'est l'argent du Capital.

Gabriel le laissa tomber sur le carrelage douteux et sortit des toilettes.

Il repéra la table des terminales et fonça direct vers elle. Il ne fut pas autrement surpris d'y retrouver le punk ricanant, sa copine à la chevelure angélique et aux taches de rousseur et trois autres boutonneux genre heavy metal. Il agita mollement ses grands bras, ce qui fit son effet, posa ses pognes sur la table.

— Ecoutez-moi bien, les gugusses. Vous êtes des anciens copains de ceux qui sont passés sous le train. Et moi je suis Zorro. Si tout ça vous semble normal, normal de perdre des copains, normal de fermer sa gueule, normal de ne pas se poser de questions, continuez de jouer au baby-foot en révisant Sartre et Bergson. Si vous voulez éclater en sanglots, venez me voir, j'essuierai vos larmes.

Et Gabriel marqua, sur le ticket de caisse à 28 francs, quatre cafés-verres d'eau, le numéro de sa chambre, à l'hôtel Epsom.

En partant, il se dit que ce serait vraiment la Patagonie inférieure s'il n'y en avait pas un pour faire le voyage.

En sortant du Balto, il fit un détour par le juke-box, d'où sortait une voix incroyable, immature et apprivoisée en même temps, une musique magnifique, lourde, simple, un trauma plus qu'une émotion.

Un type était accoudé près de l'appareil.

— C'est Green Day ? demanda, sûr de lui, Gabriel.

Le jeune le regarda comme si on venait de lui dire que Balladur reformait Nirvana.

— Non. Vous vous foutez de moi ? C'est PJ Harvey. The Dancer. Le plus beau morceau de l'année.

— Ah !

9

Gabriel descendit les rues en pente à la vitesse d'un cheval poursuivi par la marée. Il avait besoin de s'exprimer. Il faisait beau, de ce temps typique des marées basses, les éclaircies lumineuses qui ne durent pas. Il était content de lui, les choses s'amorçaient bien. Il avait joué finement. Il ne s'était pas vu tirer au forceps les vers du nez de cette jeunesse tapageuse et avait enfoncé le seul clou qui pouvait marcher. Compter sur l'émotion. Mais ne pas tenter le diable et son képi. D'abord quitter sa chambre d'hôtel, payer sa note et se planquer. On ne savait pas ce qui pouvait se passer dans la tête des autres. Et Gabriel ne voulait en aucune manière se voir confronté à une quelconque autorité, qu'elle soit flicarde ou parentale. Ou autre. Il loua une voiture, une Twingo violette, de cette bonne couleur épiscopale, pour respecter vaguement l'adage comme quoi les habits ça sert d'auto.

Deux ou trois coups de téléphone, sous-préfecture, entre autres, il eut l'adresse du médecin légiste officiant légalement dans les environs, et nota tout ça sur une page cornée, dans un coin de sa mémoire. Puis il alla jusqu'au Super Mammouth pour voir où les Anglais venaient razzier, chaque week-end. Effectivement, les rayons bibine étaient vraiment impressionnants, même les immenses consoles réservées à la bière. Gabriel acheta deux Pilsen Urquell, pour la soif, une Orval, couleur abricot, pour son goût épicé et puissant, et une introuvable bitter ale, une Boddington, sèche et légère, car il n'en avait pas bu depuis au moins cinq ans, depuis une incursion assez mouvementée à Manchester.

Il se gara presque juste en face de l'hôtel qu'il venait de quitter, se cala contre son siège et avala une pils. Il se dit que personne ne s'était aperçu que pils, en verlan, ça donnait slip. Il regarda les gens passer avec l'insouciance forcenée et caractéristique du dimanche quand on sait que le lendemain il faut aller bosser. Il n'était pas loin de seize heures, le temps se gâtait, et les planches à voile remontaient, ficelées, sur les galeries des bagnoles. Leurs propriétaires avaient la belle figure violacée de ceux qui ont passé deux heures dans l'eau glacée à tenter de tenir debout sur ces planches à repasser maritimes.

Et puis il se replongea dans son livre de haïkus, en choisit un au hasard,

Ils se battent
les enfants déjà hauts
comme les blés

et s'étonna de la coïncidence. Peut-être que la chance était avec lui. Il ne savait pas trop ce qu'il cherchait, il n'avait que de vagues pressentiments, aucune preuve, que des intuitions. Et après, qu'est-ce qu'il ferait s'il trouvait quelque chose qui ne soit pas conforme à son éthique perso ? Il verrait bien, comme à chaque fois. Les événements lui dicteraient sa conduite, il y aurait bien un ou deux néfastes à qui il apprendrait le vrai goût du pain. Car c'était ça, Gabriel. Pas le vengeur masqué. Simplement quelqu'un qui contrebalançait la vacherie du monde en tatanant quelques indélicats, en remettant des salauds sur le chemin de la rédemption, en expérimentant une technique toute personnelle de reprise individuelle.

Des gens entraient et sortaient de l'Epsom Hotel. Mais rien qui ressemblât à un lycéen dévoyé en cavale, regardant à droite ou à gauche si personne ne le surprenait en flagrant délit de coopération, voire de délation.

Gabriel sirota son Orval dont l'amertume collait bien avec celle du temps.

Et vers dix-sept heures trente, il repéra sa proie.

Et n'eut pas vraiment une énorme surprise en découvrant cette jeune fille sublime, à la chevelure blonde et moussue, cet ange qui avait regardé le soleil à travers une passoire. Dans une petite ville comme Dieppe, tout le monde se retrouve vite. Les gens ont le temps et la possibilité de penser précisément aux autres. Gabriel sortit de la voiture et ne la laissa pas entrer dans l'hôtel. Il lui fit simplement signe quand la jeune fille, regardant comme prévu de tous côtés pour assurer son anonymat, le découvrit sur le trottoir d'en face. Elle parut hésiter une dernière fois et traversa la rue avec précaution, mettant un pas devant l'autre, perdant son regard gris au loin, en direction du front de mer.

— Merci d'être venue.

— Ne me remerciez pas encore. Et pourquoi vous me remercieriez d'abord ? se dandina-t-elle, comme si elle marchait sur un lit de punaises.

Il fallait lui laisser son arrogance, lui faire croire qu'elle menait le jeu, lui montrer encore quelques portes de sortie. Ne pas la coincer.

— Je ne sais pas. On va bien voir.

— Qui êtes-vous ? Ne me mentez pas. J'ai fait le premier pas.

— Et comment vous saurez que je mens ?

— Je le saurai.

Elle était d'une beauté incroyable. D'une de ces beautés que seuls les adultes repèrent, cette évidence qu'ils ont à jamais perdue, ce qui fait la précieuse luminosité de ces quelques années problématiques, entre quinze et vingt ans, une transparence qui ne devait pas trop plaire à ses camarades, plus attirés par l'énergie et la force. Gabriel se dit que le punk, son petit ami, avait ça de mieux que tous ses potes.

— On va pas rester là. Dites-moi où on pourrait aller. C'est vous qui choisissez.

— C'est votre voiture ?

Gabriel opina. Ne pas trop parler. Lui laisser l'initiative.

— Vous aimez les huîtres ?

— Nous ne sommes pas dans un mois en *r*.

— Aucune importance. On va aller à Pourville. C'est à cinq kilomètres d'ici. Et puis j'habite là. Ça m'évitera de prendre le bus scolaire.

Gabriel lui ouvrit la portière, apprécia la grâce de la jeune fille se coulant sur le siège avant, et jetant son cartable à l'arrière dans une belle envolée de dos et de chevelure.

— Moi, c'est Gérard.

Elle ne répondit pas et boucla sa ceinture.

10

La route suivait la falaise vers le sud. Gabriel revit le lycée sur la gauche, comme une usine grise et abandonnée. La jeune fille, elle aussi, jeta aux bâtiments un coup d'œil torve.

— C'est riant, on peut pas dire.

— Plus que deux mois avant le bac et après... Fini.

— La fac de Rouen ?

— Je ne sais pas. J'ai fait trois ans de maternelle, cinq ans de primaire, et sept ans de bahut. J'ai de la chance, j'ai jamais redoublé. Quinze ans, ça fait. Et ça fait beaucoup, je pense souvent.

— Y a quarante ans de boulot qui attendent...

Elle ne répondit pas, se fermant comme ces huîtres auxquelles elle pensait peut-être.

Sur la droite, il y avait un grand champ verdâtre avec du matériel militaire à moitié rouillé, des canons, un char démembré. Le tout vaguement menaçant. Non pas à cause des objets, mais parce qu'un ahuri perdait du temps à collectionner ces horreurs, ce qui ne donnait pas vraiment confiance en l'avenir de l'homme.

— Moi, c'est Cécile.

Ils arrivaient à Pourville, tapie en bord de mer, le long d'une plage de galets. Une courte descente en lacet. Sur les bords de falaise, de chaque côté, des maisons plus anciennes, dont certaines en colombages normands. Mais ce qui était étonnant, c'était le manque flagrant de style des maisons du bord de mer, la plupart carrées, mastoc, en ciment ou brique pour résister aux assauts éventuels de la mer, quelques-unes tentant de rappeler l'ancien, avec toit pointu et tuilé. Un clocher de petite église, avec un gros coq dessus.

Et une longue et large esplanade en béton longeant des plages sectionnées par d'abrupts brise-lames à moitié recouverts de cailloux gris foncé.

— Il y a des hôtels ouverts, ici ? J'ai pas envie de retourner à Dieppe, ce soir...

— C'est pas tranquille, c'est mort.

— Ne dites pas ça. Les lieux morts, il n'y en a pas beaucoup, à part les cimetières.

— C'est un cimetière ici. La plage surtout. Pendant la guerre, en 42, les Canadiens ont débarqué, là, en bas. Soi-disant pour détruire des stations radars. En fait, ça devait être une sorte de répétition de ce qui allait se passer deux ans après. Ils y sont presque tous passés.

Tout à coup, Gabriel se demanda quelle gueule ça avait, des gros galets couverts de rouge.

— L'hôtel Normandy doit être ouvert... Au fond là-bas. Mais nous on s'arrête là.

Ils étaient arrivés près d'une grosse bâtisse cubique genre années cinquante, avec marqué L'Huîtrière sur le voile de béton supérieur. De grandes baies vitrées. Derrière le bâtiment, des cuves en ciment à moitié pleines d'une eau trouble. Gabriel vit aussi un bateau en acier à fond plat avec deux types qui rangeaient des filets. L'air était puissamment iodé et la mer bruissait sur les cailloux, plus bas. Quelques personnes se baladaient sur le front de mer, comme dans une marine de la fin du XIXe siècle.

11

Ils commandèrent des huîtres moyennes, qui, très grises, pas vraiment grasses, étaient excellentes. Gabriel refusa le muscadet pour une commune Heineken. Cécile n'avait pas dit grand-chose d'intéressant depuis un long moment et elle s'était contentée de répondre aux salutations du patron qui avait l'air de très bien la connaître. Gabriel la regardait laper ses huîtres avec science. Il sentait chez cette jeune fille quelque chose qui n'était pas de son âge, une détermination, du calcul, comme une stratégie. Il savait attendre. C'était à elle d'envoyer la balle, de servir, de poursuivre la partie. Elle était venue le chercher et elle l'avait amené sur son territoire. Elle n'était même pas loin de l'exhiber. Pour quelle raison, ça, Gabriel ne le saisissait pas encore.

Bref, il attendait. Il regardait le tas de ses coquilles dans l'assiette, croisant par moments le regard de Cécile, acéré et fuyant à la fois, puis se perdait dans la contemplation du dehors, une mer gris et vert, des falaises blanches et sales, la plage comme un tapis de velours mouillé, et des promeneurs fantomatiques qui n'avaient que très peu de réalité.

— A quoi vous pensez ? dit-elle enfin.

— A ce que vous pensez, vous.

— Qui êtes-vous ? Si vous me dites exactement ce que vous voulez, je saurai quoi dire.

Bien joué, Callaghan. A chaque fois, Gabriel était confronté à ça. D'habitude, il s'en tenait au personnage qu'il s'était fabriqué à ce moment-là. D'autres fois, il improvisait. Mais là, le côté journaliste spécialisé rock and roll, il pouvait s'asseoir dessus.

— Vous ne saurez pas qui je suis. Ce que je suis n'a aucune importance. Imaginez-moi comme un instrument, comme un marteau tapant sur une enclume.

— Le marteau, on dirait plutôt que vous l'avez déjà pris sur la figure.

— Deux jeunes se sont suicidés pas loin d'ici. Un suicide horrible. C'est rare de constater une détermination pareille. Je voudrais tout simplement en savoir un peu plus.

— Pour quoi faire ? Vous êtes une espèce de détective, c'est ça ?

Gabriel, pour toute réponse, se marra ouvertement.

— Un flic en civil ? aboya Cécile.

— Ecoutez, petite fille, puisque vous vous comportez comme une petite fille. J'en ai rien à foutre de ce que vous pouvez imaginer. Est-ce que vous connaissiez Bérénice et Frédéric, oui ou merde, et si c'est oui, qu'est-ce que vous pouvez me raconter sur eux ? Et si c'est merde, je me casse, je vais dormir, ou boire, je ne sais pas encore, et vous, vous allez retourner voir papa maman dans votre villa avec le beau tulipier en fleur sur le devant, la vue sur la mer, le poisson pané dans le congélo, et la photo de Kevin Costner au-dessus de votre plumard.

— Perdu. C'est Robert Mitchum.

Gabriel la regarda. Elle était un peu plus blanche, un peu plus transparente, même si elle s'était forcée à sourire lors de sa dernière réplique. Ses taches de rousseur étaient tout à coup ressorties comme une carte du ciel en négatif.

— C'est plutôt un signe de bon goût. Bon... Au revoir, Cécile. Merci pour la balade, c'était très joli.

Gabriel se leva, l'addition à la main, cherchant le patron pour payer.

— Frédéric, c'était mon mec. C'est Béré qui me l'a piqué. Y a six mois.

Il ne s'assit pas, il attendait autre chose. Elle continua, d'une voix sourde, la tête baissée, comme si elle se confessait à la table.

— J'ai été désespérée au moins quinze jours. Et puis j'ai pris sur moi. Une bataille perdue mais pas la guerre. J'ai fait semblant de m'en foutre, j'ai renoué avec eux, je suis même devenue assez copine avec Béré. Mais c'était simplement avec l'espoir de regagner Frédéric et de lui repiquer, à cette salope de la haute.

— Et le punk, il fait quoi dans le tableau ?

— Il est au fond, dans la clairière. A côté de la calèche. Juste derrière le grand cerf qui brame. Interchangeable.

Gabriel était scié. La froideur. La sûreté de ton. Il allait pouvoir discuter serré. Mais Cécile éclata en sanglots silencieux. Des larmes salées se mirent à couler en abondance sur ses joues, pour rejoindre l'eau non moins salée des huîtres. Alors Gabriel se rassit, attendit un long moment qu'elle se calme, qu'elle ravale son désespoir, qu'elle repense à son rôle, qu'elle se refasse un personnage de petite cynique cinoque.

— J'ai perdu mon amour. Je me suis comportée comme une imbécile. Je n'ai pas résisté à tirer sur la corde. Pauvre conne. Frédéric était un type formidable. Gentil. Hyperintelligent. Beau comme un astre. Enfin, moi, je le trouvais beau. Calme. Fort. En aucune manière un type qui puisse un seul moment envisager de se supprimer. Il s'entendait très bien avec ses parents. Les pauvres. Je pense aussi à son petit frère...

Les larmes réapparurent. Elle s'essuya sans élégance, se moucha fortement dans la serviette de table.

— Je ne comprends pas ce qui a pu se passer.

— Ils s'aimaient ?

— Faut croire. Il paraît qu'ils ont laissé une lettre.

Gabriel fouilla dans sa poche, déplia la photocopie et lui donna. Elle le regarda comme un alien venu from outer-space, puis se jeta avidement dans la lecture des derniers mots écrits par son bien-aimé. Gabriel s'attendit à une crise d'hystérie, mais, bien au contraire, le beau visage d'ange larmoyant de Cécile se durcit incroyablement.

— C'est quoi ce torchon ?

— C'est une copie de la fameuse lettre où ils expliquent leur geste.

— Vous rigolez ! Frédéric n'aurait jamais écrit ça. Il aurait sans doute fait un petit poème rageur. A la Ginsberg. Ou un haïku, peut-être. Il adorait les haïkus. Vous savez ce que c'est un haïku ? Mais pas ce truc.

Gabriel eut des frissons. Il en chercha un à toute vitesse dans sa mémoire.

— *Avec ses écritures*
l'éventail est à jeter
Quelle épave...

Cécile le regarda comme si elle n'en pouvait plus. Trop de tension, trop de découvertes, plus rien à quoi se raccrocher, plus de branches, le tronc nu de l'arbre est trop glissant.

— Gérard, qu'est-ce qui se passe ?

— Je ne sais pas.

Il lui prit le bras, la força à se lever. Au passage, il paya. Le patron regardait curieusement la jeune fille, qui était encore très pâle, mais il devait se demander si ce n'étaient pas ses coquillages qui avaient fait un petit malheur. Une salmonelle de passage et c'était une ruine de plus.

12

Gabriel raccompagna Cécile jusque chez elle. Ils grimpèrent un raidillon, tournèrent à gauche à flanc de colline et passèrent devant plusieurs maisons un peu plus cossues que celles du bord de mer. Elle lui jeta un dernier regard mouillé avant d'entrer dans une jolie maison à l'anglaise, avec une galerie de bois sur le devant. Pendant le trajet, elle eut le temps de lui dresser une sorte de fiche signalétique des deux disparus. Sur Frédéric, Gabriel n'apprit pas grand-chose, sinon qu'il était un compagnon parfait, et que ses parents, assez vieux, proches de la retraite, avaient sans doute préféré quitter les lieux de ce drame atroce pour ne pas être confrontés à tous les endroits où ils auraient revu l'image permanente de leur fils. Ils avaient une petite maison à Marvejols, en Lozère, dont Frédéric parlait souvent. Ils avaient dû s'y retirer avant la date fatidique, avec armes, bagages et le fils qu'il leur restait. En revanche, sur la famille de Bérénice, Cécile avait été plus bavarde, et surtout hargneuse. Des grands bourgeois, tendance de Villiers, pas un pour sauver l'autre, père avocat, droit international, mère restant, hautaine, à la maison pour élever ses sept enfants. Un tous les deux ans, Bérénice était l'aînée. Une grande maison en brique, avec tours et rhododendrons géants, à Varengeville. Fallait aller voir ce bled, avait dit Cécile, Deauville, à côté c'était une favela de São Paulo.

A la sortie du restaurant et avant de remonter vers les hauteurs où, avant, les riches regardaient la situation de haut, ils s'étaient assis sur les galets humides de la plage. Le soir n'était pas loin, mais un jeune type s'escrimait encore avec sa planche à voile dans l'eau glacée. Cécile ne le regardait même pas, elle se frottait convulsivement les pieds, la jupe rabattue jusqu'aux chevilles. C'est là qu'elle s'était mise à parler de tout et de rien, de Frédéric, qui se faisait du blé, le samedi et le dimanche en travaillant au golf-club, juste au-dessus, entre Pourville et Dieppe. Du baccalauréat, qui se présentait très mal, elle en avait désormais plus rien à battre. Et de Bérénice, bien sûr, qui n'était pas très belle, mais qui avait un charme inouï, avec ses yeux vert d'eau, une fille qui, en plus, devait avoir un corps en béton, elle faisait du cheval d'une manière intensive, montait les bêtes les plus rétives et allait souvent à Paris voir Zingaro. Elle était tout le temps fourrée au club hippique d'Arques-la-Bataille, elle se tapait du manège pendant des heures entières et, en récompense, caracolait sur son étalon dans la campagne environnante.

Et puis Cécile avait encore pleuré, avait enfin séché ses larmes et avait eu froid. Elle avait voulu rentrer. Elle lui avait donné son numéro de téléphone en le suppliant de lui raconter ce qu'il apprendrait, rajoutant qu'elle se méfiait de lui, qu'elle ne comprenait toujours pas ce qu'il venait faire là, mais qu'elle lui faisait quand même confiance à cause d'une seule chose, qu'elle ne comprenait pas beaucoup plus, et qui l'inquiétait vraiment, ce putain de suicide.

Gabriel était redescendu sur le bord de mer, et avait pris une chambre à l'hôtel Normandy, une bâtisse à clochetons, avec des piaules dont les fenêtres, gonflées par les embruns, étaient difficiles à ouvrir. Mais la sienne était charmante, un peu désuète, presque une chambre de jeune fille débarrassée de ses peluches, de ses affiches et de toutes les poupées Barbie que l'on garde avec mauvaise conscience. Il prit une douche et se coucha tout de suite. Demain serait un autre jour. Il téléphona à Cheryl, lui laissa un message codé sur son répondeur, comme il le faisait quand il partait, pour lui dire où il était et pour lui confier que tout allait bien. Il savait que Cheryl ne ferait rien pour savoir ce qu'il pouvait bien magouiller pendant ses absences, ça faisait partie de leur confiance mutuelle. Mais à la moindre alerte, Cheryl saurait quoi faire pour tenter de tirer son amant d'un mauvais pas, elle avait des instructions précises pour cela.

C'était déjà arrivé... Allongé sur son lit, voyant, au ras du chambranle, la ligne d'horizon, vert d'eau sur gris souris, il pensa à cette femme dont il aurait aimé voir la silhouette parfaite se découper devant la fenêtre et la mer. Le vent s'était mis à souffler. La marée haute. Il s'endormit en tentant de visualiser, une fois de plus, le tableau horrifique de deux jeunes gens, attachés aux rails, voyant les phares jaunes d'un train foncer sur eux.

13

Quand il se leva, avant même de déjeuner, il sortit de l'hôtel, courut un petit moment sous les falaises à marée basse et se jeta dans la Manche. Il en ressortit tout violet, le souffle coupé, des poignards partout sur sa peau et revint en soufflant prendre une douche et se taper cinq tartines et deux cafés. La serveuse tenta de lui tirer adroitement les vers du nez mais il fit le bougon et ne lâcha que quelques considérations oiseuses, comme quoi il était en repérage pour les vacances.

Puis il prit la voiture et s'enfonça dans l'arrière-pays, en direction d'Arques-la-Bataille. Les petits villages frileux, grosses maisons de brique rouge foncé, églises aux toits d'ardoises très pentus, étaient tapis le long de la route, et, entre eux, il y avait beaucoup de vaches et de ruisseaux.

Gabriel trouva facilement le club hippique. Un écriteau prévenait des heures d'ouverture et des tarifs, écoles et centres aérés compris. Pour l'instant, c'était fermé. Il passa quand même la barrière, la refermant soigneusement, attendit un instant pour voir s'il n'y avait pas de clébard dans les parages. Mais pas de fauve à l'horizon, les chevaux n'aiment pas trop ce genre de bêtes couinantes et mordantes sans grande raison. Près d'une grande bâtisse à colombages, style étiquette de calva, une série de stalles à chevaux. Une femme, en bottes et K-way géant, maniait la fourche et le crottin. En marchant d'un bon pas vers elle, Gabriel se demandait comment il allait se présenter, quel mensonge il allait inventer, quel rôle il allait jouer. La femme le regardait arriver. Elle avait l'air dur, le visage assez buriné, une cinquantaine d'années. Quelqu'un de sombre à la tâche, qui ne devait pas souvent sortir de cette propriété. Mais la manière qu'elle avait eue de nouer ses cheveux, avec une sorte de diadème en cuir, indiquait qu'elle était peut-être la patronne, en tout cas pas une fille de ferme qui aurait sans doute opté pour un fichu, ou un chichi, comme disait Cheryl, qui en mettait tout le temps.

— Bonjour... Excusez-moi, je me suis permis d'entrer...

— Je vois bien.
— J'ai une étrange requête à vous faire. Vous êtes la gérante du club ?
— Si on veut. Mais la gestion, c'est quand j'ai le temps.
Gabriel toussa, de gêne, de confusion.
— Voilà. Euh ! pardonnez-moi, c'est assez difficile...
Il se moucha violemment avant de continuer.
— Je suis le parrain de la petite Bérénice, vous savez... la petite qui...
— Qu'est-ce que vous voulez ? cria, nettement sur la défensive, la femme qui planta la fourche dans la terre humide, juste entre son interlocuteur et elle, un peu comme les lances que les Indiens plantent devant les covebois pour leur interdire le passage sur la terre sacrée.
— Excusez-moi, c'est difficile à dire. J'étais son parrain. Pas de la famille, un ancien ami du père. Maintenant, ça a changé, je suis brouillé avec toute la bande, à Varengeville. La vie... La politique, tout ça. Personne ne veut plus me voir, là-haut. Je n'ai eu que les journaux pour me parler de Bérénice. Et vous savez ce que c'est, un article dans le journal. Les faits divers, ils appellent ça.
Il baissa la tête.
— C'est vrai, d'ailleurs, dans mon cœur, c'est vraiment l'hiver...
— Comment ils s'appellent, ceux de là-haut ?
— De Baily de Longueville. Pourquoi ? Vous ne me croyez pas ? Bon.
Gabriel énonça de manière automatique, comme s'il était sur un podium :
— Monsieur de Baily de Longueville est avocat, spécialiste de droit international, et madame, qui a élevé sept enfants, dont Bérénice était l'aînée, reste à la maison mais avant, quand je la connaissais, elle voulait se consacrer...
— Ça va, ça va.
Gabriel se remercia d'avoir consulté le Bottin, le matin même, sinon il était à trois secondes près. Ne pas oublier ce genre de chances. Les mettre toujours toutes de son côté. Des fois, tout se joue à trois secondes près.
— Si elle pensait déjà à l'époque à se « consacrer », comme vous dites, à toutes ses conneries, c'est un peu normal que vous soyez brouillé avec elle, hein ? C'est pour ça, non ?
Coincé, le Gabriel. Dans ce cas-là, une chance sur deux, la tête toujours baissée, et si ça marche pas, un atémi sur la nuque, le temps de changer de région.
— Oui.
— On dirait que vous avez honte.

— Non. Absolument pas. Mais vous savez... Je pense à Bérénice, et rien qu'à Bérénice. Je ne peux décemment que penser à Bérénice...

— Qu'est-ce que je peux faire pour vous ?

Gabriel renifla. C'était bon, ça, les reniflements. Un homme qui renifle, ça émeut.

— S'il vous plaît... Prendre cinq minutes de votre temps pour me dire des choses merveilleuses sur Bérénice. Ça me suffira amplement. Je repartirai à Paris avec au moins de belles images dans la tête. Des images qui s'estomperont peu à peu. Mais ce seront les dernières images que j'aurai eues d'elle... Parce que les souvenirs, la petite fille rieuse, tout ça, c'est pas très gratifiant...

— Je vous préviens tout de suite, les dernières fois que j'ai vu Bérénice, ce n'était pas Marilyn Monroe dans *Sept ans de réflexion*. Plutôt dans les *Misfits*. Elle était toute bizarre. C'était une excellente cavalière. Elle rêvait de travailler dans un cirque comme Zingaro, vous voyez ce que je veux dire ? Pas le cirque, non, simplement là où les écuyères sont comme des anges. Une excellente cavalière, vraiment. Eh bien, depuis deux semaines, elle refusait de monter sur un cheval. Elle aurait pu rester chez elle, pour ne pas être tentée. Mais non. Elle venait là, là où vous êtes, elle s'occupait de son hongre, changeait la paille, le promenait à la longe, mais n'est jamais montée dessus.

— Je ne comprends pas. Elle avait peur ?

— Je ne crois pas.

— Et vous croyez quoi ?

— Pourquoi, à votre avis, une jeune fille ne monte plus à cheval ?

— J'avoue que je...

— Je ne sais pas quelle image vous allez emporter de votre filleule, monsieur, mais il y a des raisons évidentes. Des raisons féminines.

Gabriel était tétanisé.

— Vous voulez dire que...

— Son teint était un peu plus diaphane que d'habitude. Et elle marchait un peu plus droite, comme si elle voulait placer son corps un peu en arrière...

14

Gabriel roulait à fond de cale sur la départementale. Une fille enceinte qui se suicidait avec le père de son enfant, parce que le monde était contre elle, parce que c'était la tuile du siècle, ça ne tenait pas. On était en 95. Ce genre de gaffe était facilement réparable. Surtout quand on fait du canasson à outrance. Or, elle semblait éviter tout ce qui pouvait ressembler à des montagnes russes. Comme si elle y faisait déjà très attention à ce truc qui lui poussait dans le ventre. Mais, bizarrement, Gabriel croyait cette femme qui vivait toute la journée avec des juments en chaleur et des étalons, la bave au mors. Il se rendait compte que dans toute la littérature olé olé, il y a toujours un palefrenier, une écurie, des tas de paille, des hennissements dans le lointain, des bottes en cuir, quelquefois une cravache.

Il passa pas loin du lycée au moment où les élèves entraient en cours. Il tenta de repérer Cécile mais autant jouer au Loto et gagner le gros lot. Si la grande chance ne se présentait pas, si on ne gagnait pas le milliard, on pouvait quand même récupérer cent balles. C'était ce que Gabriel était en train de se dire quand il aperçut le punk, le fiancé de remplacement.

Il sortit de la Twingo et lui barra le passage.

— Grimpe dans la bagnole !

— Mort aux vaches !

— Grimpe ou je te tatane la gueule !

— Houlà, houlà, on s'énerve, on craque, on fait son Mussolini !

Quand Gabriel se rua sur lui, le jeune homme sauta comme un chat dans la bagnole. Il claqua la portière derrière lui.

— Ecoute-moi bien, espèce de bollock à la manque, je vais te poser une question. T'as intérêt à y répondre. Bérénice et Frédéric. Tu connais.

— No future.

— Est-ce que Bérénice était enceinte ?

— Pas de moi en tout cas.

Gabriel lui serra le cou, le cognant contre la portière.

— Est-ce que Bérénice était enceinte ?

— Merde ! Arrêtez ! Qu'est-ce que vous voulez que je vous dise ! J'en sais rien, moi, vous m'emmerdez ! Vous me faites chier ! Chacun fait ce qu'il veut ! Et j'en ai rien à foutre ! J'suis pas le planning, moi !

Gabriel le lâcha, et le propulsa dehors. Le punk se releva, shoota férocement dans la portière, la Doc Martens en action. Mais Gabriel ne lui en voulait pas. Cette bagnole n'était qu'un tas de ferraille et, en plus, elle n'était pas à lui.

— Va mourir, hurla le jeune homme quand Gabriel démarra.

Il descendit à toute blinde vers le centre-ville, stoppa près d'un plan public, se fit fébrilement un croquis approximatif, reprit le volant, refusa quelques priorités et prit deux sens interdits. Il trouva facilement la rue Aristide-Briand, ah ! pour être brillant, ça l'était, et se remit en planque. Il souffla, trouva une Pils oubliée sous le siège. Il était paré. Il était un peu trop tôt pour la bière mais il avait la gorge comme un tampon Gex. Il ne connaissait pas le bonhomme, mais le type qui sortirait de la jolie petite maison traditionnelle en brique serait sans doute lui. Le médecin légiste. Ou alors l'amant de sa gonzesse. Mais à cette heure-là, c'était peu probable. Le médecin, amené par les gendarmes, assermenté. Celui qui avait réceptionné les morceaux, celui qui avait ouvert les estomacs pour trouver les petites clefs. S'il s'était livré à une autopsie aussi précise, il devait être capable de savoir ce qu'ils avaient mangé la veille, s'ils étaient drogués et peut-être même ce qu'ils avaient dans la tête. Et si Bérénice était vraiment enceinte.

Il était neuf heures moins le quart. Le type ne devait pas être encore parti au boulot. A un quart d'heure près.

Il se décida à s'avaler la Urquell mais n'eut pas le temps de se demander quel goût elle avait. Un binoclard en veste verte, genre sportif tendance jogging, dévalait le perron de la maison. Il fit une vingtaine de mètres et monta dans une Saab turbo. Gabriel déboîta et, comme dans les plus ringards des films américains, se mit à suivre la Saab, ni trop près ni trop loin, sans angoisse, les feux rouges étaient assez rares et sans le côté 24 Heures du Mans, parce que le médecin conduisait comme un vrai pépé.

Ils passèrent devant l'hôpital, Gabriel savait que sa proie n'y travaillait pas régulièrement, seulement quelques extras, à la morgue. La Saab se gara deux kilomètres plus loin, à la limite de la ville, devant un dispensaire de quartier. Monsieur faisait également dans le social. Personne dans les parages. Gabriel se gara, enleva sa veste, se dépeigna et traversa la rue. Il sonna à la porte. Deux coups. Suffisamment pour que cela soit urgent et pas assez pour indiquer le mec hargneux. C'est donc le médecin qui vint lui-même lui ouvrir, et qui se prit aussi sec un pain en pleine figure, et qui s'écroula à la renverse avec le bruit caractéristique que font les piles de draps quand elles tombent des placards mal fermés. Gabriel ferma la porte à clef, prit le toubib sous les bras et le traîna dans le premier bureau. Il écouta un petit moment les va-et-vient de l'établissement, des bruissements pour l'instant très lointains, débrancha le téléphone, et installa sa victime toujours évanouie sur un fauteuil. Puis il trouva dans un placard une blouse blanche et se l'entoura autour de la tête. Il fouilla dans les instruments déposés en rang sur une petite voiture roulante en émail et choisit une sorte de scalpel. Alors il gifla le toubib, l'observa pensivement en train de reprendre ses esprits, un peu de sang perlait à sa lèvre inférieure, et quand le type ouvrit les yeux, il lui mit le scalpel sous l'œil, en plein dans le cerne. Haut les mains les yeux, vous êtes cernés. Le docteur le regarda comme un mauvais rêve.

— Ecoutez-moi bien. Je vais vous poser une question. Vous allez y répondre. Sans ça, vous perdez un œil. Après je passerai au second. Et ensuite, pour les diagnostics, ça va être duraille. Faudra vous reconvertir dans le piano.

Le type s'était mis à suer abondamment. Une génération sudoripare spontanée.

— Pourquoi n'avoir pas dit que Bérénice de Longueville était enceinte ?

— Mais je l'ai dit !

Bon, pensa Gabriel, voilà une information confirmée.

— Mais ils ont pensé...

— Qui, ils ?

— La famille, les gendarmes, le juge d'instruction. Ils ont pensé que ce n'était pas nécessaire de divulguer ce genre d'information somme toute assez privée.

— Pourquoi ?

— Parce que ce n'était pas la peine d'enfoncer le clou. Le malheur était suffisamment grand. Deux morts, ce n'était pas la peine d'en rajouter un de plus.

— Elle était enceinte de combien ?

— Deux mois, à peine trois.

— Personne n'aurait pensé décemment que ça faisait une personne de plus.

— Vous plaisantez, j'espère.

Gabriel bougea le scalpel. La peau, entamée, saigna un peu. L'œil, un peu globuleux, tenta de regarder sous lui. Une étrange grimace. La peau du visage était devenue très pâle.

— Chez les de Baily de Longueville, la vie c'est sacré. Pas question que l'on puisse dire que Bérénice avait entraîné dans la mort une personne innocente. Ça, pour eux, c'était l'horreur absolue, le contraire de tout ce qu'ils pensent. Leur tristesse était suffisamment grande comme ça.

— Qu'est-ce qui a été caché encore ?

— Rien. Je vous le jure.

— Pas de traces de coups, pas d'hématomes ?

— Vous savez... Je ne vais pas vous faire un dessin. Un autorail de plus de quarante tonnes leur était passé dessus, faut pas l'oublier, les hématomes à repérer sur des morceaux, j'avoue que cela n'a pas été ma principale préoccupation.

— Vous avez préféré regarder dans les estomacs.

— Dans le cas de suicide, c'est la règle.

Gabriel était coincé.

— Bon. Ecoutez-moi bien. Je n'existe pas. Je ne suis pas venu ce matin. Personne ne vous a posé de questions. Vous vous êtes cogné dans une porte. Sinon, je reviens à l'improviste et je vous fais avaler une clef d'armoire normande chauffée à blanc.

Il se mit derrière le médecin, enleva la blouse de sa tête et attacha les mains du toubib aux pieds de la lourde table d'acier.

Puis il sortit, croisa une famille d'immigrés inquiets, leur enfant avait les yeux très brillants, et se propulsa vers la Twingo. Quand il démarra, personne n'était encore sorti du dispensaire.

15

Il retourna au bar des Tribunaux, parce que le choix de bières était conséquent. Il commanda une Stout Mackeson, très noire et crémeuse, à l'arrière-goût de lait et de caramel, parce qu'il avait envie de réfléchir et que cette bière n'est jamais lourde. Il n'avait pas beaucoup avancé. Hormis sa quasi-certitude, non prouvée, que Bérénice et Frédéric n'avaient pas écrit leur lettre d'adieu, il n'avait pas grand-chose sous la main. La jeune fille était enceinte, mais c'était chose assez courante, pas de quoi s'en faire une jaunisse même s'il comprenait assez bien les raisons de la famille d'avoir caché un tel événement. Dans un milieu pareil. Ce n'était sans doute pas non plus pour cette raison que Bérénice et Frédéric s'étaient supprimés. Roméo et Juliette, maintenant c'est Jurassic Park. La famille de Bérénice n'était pas à un gnard près et celle de Frédéric aurait pu nourrir l'enfant de l'amour de bons fromages crémeux. Il n'y avait donc que cette histoire de lettre. Il fallait attaquer par là. Et si jamais il faisait chou blanc, eh bien, il n'avait plus qu'à revenir au Pied de Porc à la Sainte-Scolasse subir les sarcasmes de Gérard et se replonger, chaque matin, dans la lecture du malheur du monde. Ce n'était pas trop grave, tout ça ne ferait pas revenir les deux adolescents démembrés et Gabriel n'était pas payé pour avoir du résultat. Payé, il ne l'était même pas. Il tentait le diable, c'est tout. Si le diable planquait trop ses cornes, Gabriel passait la main, mais s'il parvenait à lui attraper son pied le plus fourchu, la bataille devenait rude, et la récompense était une petite victoire sur l'adversité.

Il commanda un sandwich aux rillettes pour faire passer la légère ivresse qui s'était emparée de lui. La Stout. Le pain buvable des Irlandais.

Ensuite, il déambula, en respirant fort, il n'était pas loin de onze heures du matin et il faisait encore frais. Il trouva une librairie, et y compulsa une encyclopédie.

Puis il repartit vers Pourville, en passant devant le lycée il se surprit à guetter s'il ne voyait pas Cécile, passa à son hôtel, changea de vêtements, choisit, dans son tas de faux papiers d'identité, celui qui lui semblait le plus évident, contempla longtemps son Beretta mais le laissa dans l'armoire, sous son sac de voyage.

Il partit à pied vers Varengeville. Il faisait beau, un petit vent tenace avait emporté les derniers nuages vers l'intérieur des terres. Il monta la côte de la falaise et marcha longtemps le long de champs clos par des barbelés. C'étaient des étendues d'un vert similaire à tous les pâturages de l'ouest de la France, mais Gabriel les sentait plus propres, comme repeints dans un vert plus clinquant, des champs de riches. C'était sans doute la proximité de la petite ville qui créait cette impression. Et puis il vit les premières maisons. Même les fermes avaient l'air de résidences secondaires pour nantis. La brique rose et polie, les tourelles et les bâtisses larges, basses et ventrues, donnaient une impression un peu moins acide que le colombage traditionnel de la Normandie. Chaque maison avait du terrain autour, beaucoup de terrain, du parc en pagaille et des fleurs à foison. Une idée dominante de calme, de richesse, bien sûr, mais pas de tapage, que du bon goût. L'aristocratie, quoâ. Il se promena un peu au hasard des petites routes fleuries, explosions de glycines, cytises immenses, des rosiers comme des buissons ardents, et des rhododendrons en pagaille, des géants, grands comme des platanes. Il vit quelques commerces, dont une pâtisserie tout à fait comme les autres pâtisseries, mais dont tous les clients semblaient échappés du XVIe arrondissement. Il n'y avait qu'à regarder les bagnoles, pas une à moins de dix plaques, heureusement qu'il n'était pas venu avec sa Twingo, il aurait fait tache.

Partout, il y avait des panneaux vantant le Manoir d'Ango. Ango, ça faisait angoisse. Dans une supérette, il demanda son chemin. On connaissait bien la demeure familiale des Longueville. C'était juste au carrefour avant la route qui mène au Parc floral des Moutiers. On regarda même d'un drôle d'air ce grand type un peu dégingandé à casquette, pas vraiment gentleman-farmer, qui ne savait pas où créchait cette famille aussi importante localement.

Ce qui étonna Gabriel, c'était le calme absolu du quartier. Quelques voitures passaient en chuintant à peine, sans doute en direction du célèbre parc, comme si même les mécaniques ne voulaient pas totalement couvrir le bruit lointain de la mer, cette Manche qu'on ne sentait pourtant plus du tout dans la petite ville, on était ici très loin des contingences, ni à ras de terre ni à ras des flots, on était en haut, sur une falaise, plus près du ciel. Il y avait comme du parfum de mauvaise qualité dans l'air, dû au mélange incroyable de toutes les essences. En tout cas, ça ne sentait pas la misère, le barbecue, les égouts ou le métro.

Gabriel arriva devant un grand portail de bois vert amande. Une plaque en acier frotté, « d B d L », en lettres ornées. Très simple, très chic. Une sonnette. Une petite grille de haut-parleur.

Gabriel appuya en respirant un grand coup. Un grésillement.

— Oui ?

Une voix de femme.

— Excusez-moi de vous déranger. Mon nom est Jérôme le Prieur. Je travaille pour le Conseil régional de Haute-Normandie. Je fais une étude sur les rhododendrons, en vue d'un livre de prestige. On m'a dit que vous en aviez de tout à fait uniques, surtout dans les couleurs pâles. Je sollicite la permission de les contempler pour les décrire. Je ne vous dérangerai que quelques minutes...

— Un instant.

Le grésillement cessa.

Gabriel attendit un long moment. S'il fallait compter, de l'autre côté, sur des pas crissant sur du gravier, c'était raté. Le portail bien huilé s'ouvrit sur une sorte de gommeux ventripotent, les cheveux plaqués en arrière, dans un costard que même Mitchum n'aurait pas osé porter dans un film Z des années cinquante.

— Votre carte d'identité... S'il vous plaît. Elle vous sera rendue en sortant...

Gabriel se composa la tête du pékin mi-offusqué, mi-interrogatif. Le sbire tenta d'expliquer.

— M. et Mme de Baily de Longueville viennent de vivre une épreuve familiale difficile. Ils ne voudraient pas que des journalistes puissent se mêler de leur détresse privée.

— Mais je ne suis pas journaliste...

— Votre carte, s'il vous plaît.

Gabriel lui donna sa fausse carte, en faisant semblant de prendre sur lui, alors qu'il en avait rien à foutre et que des papiers comme ça, son pote Pedro lui en chiait des dizaines par jour.

Le spadassin lui laissa le passage, et Gabriel lui lança un sourire de révérence, alors qu'il se demandait qu'est-ce que pouvait bien faire une ringarde armoire à glace de ce calibre dans une famille bourgeoise aussi stylée.

Il le suivit le long d'allées bordées de spirées blanches et de buis taillés au cordeau. Plus loin, une gentilhommière en brique presque jaune, recouverte presque totalement de lierre et de chèvrefeuille.

Et, devant la porte d'entrée vitrée, une femme en tailleur sombre.

En avançant sur l'herbe molle, sentant derrière lui la présence attentive du fauve de location, Gabriel se disait que la vie était décidément mal foutue. Il était là à cause de la fille, et il allait rencontrer la mère. De près, elle avait une tête un peu anguleuse, avec un grand front, un peu Giscard d'Estaing avec une perruque. Le teint pâle, pas de maquillage. Des grands yeux clairs même pas cernés. La dignité à l'épreuve de la rouille. Derrière elle, passant la porte vitrée, un jeune homme, en ciré noir, qui aurait pu figurer dans un film sur la Gestapo, cheveu très court, teint rose, joues de poupon, œil allumé, un carnet noir sous le bras, apparut comme par enchantement. Il se plaça juste derrière la maîtresse de maison, observant Gabriel comme s'il était un étron de doberman.

— Madame...

— Monsieur ?

— Le Prieur. Jérôme Le Prieur.

— Monsieur Le Prieur... De quelle famille font partie les rhododendrons ? dit le clone de milicien, d'une voix de crécelle.

Normal. Normal et prévisible. Mais le Gabriel, il avait pris ses précautions, c'est d'époque. Ils vont l'avoir dans l'os très profond, se dit-il en espérant que l'encyclopédie feuilletée dans la librairie ne racontait pas de conneries. Il prit un air fatigué.

— Les éricacées sont des dicotylédones à fleurs le plus souvent gamopétales. Le rhododendron est une plante arbustive à feuilles persistantes et aux fleurs à dix étamines, alors que l'azalée, qui est aussi une éricacée, n'a que cinq étamines et a des feuilles caduques. On en compte plus de cinq cents espèces et...

» *nouveau rhododendron*

» *qu'un papillon consulte*

» *ailes jointes*

» ... C'est un haïku... du maître ja...

— Je vous remercie, monsieur Le Prieur, et veuillez m'excuser, coupa la maîtresse des lieux qui s'était soudain fait le masque d'Irène Papas dans une tragédie grecque, n'importe laquelle. Un drame familial m'oblige à ne pas vous recevoir. Mais il ne sera jamais dit que cette maison n'ait pas été accueillante aux gens de goût. Vous avez donc tout loisir de vous promener dans le parc.

Elle montra le Mitchum d'opérette d'un air un peu condescendant.

— Monsieur Esposito vous tiendra compagnie et vous guidera. Veuillez m'excuser, vraiment…

Le bordel. Planté. Gabriel ne se voyait pas visiter le Jardin des Plantes avec le gorille maison, parler floraison, espèces, sols acides, et fleurs en corymbe. Et puis, toutes ces conversations marbrées avec les gens de la haute, leurs fifilles et leurs gamins virés punks, commençaient à le gonfler. Il était temps de s'énerver, sinon ça risquait de durer longtemps.

— Une chose encore, madame de Baily de Longueville. Puisque ce n'est pas Bérénice et Frédéric qui ont écrit leur soi-disant lettre d'adieu, qui c'est ? Hein ?

— Esposito, fous-moi cette merde dehors.

Mais Esposito n'eut pas l'occasion de faire son bandit corse. Ses couilles venaient d'être frappées sauvagement par un rhododendronophile muté Cantona. Ses genoux se rapprochaient du sol avec lenteur, son souffle était coupé. Gabriel récupéra sa carte d'identité tombée sur le gravier.

Madame de Longueville était changée en statue de sel. L'irruption soudaine de la violence lui avait coupé tous ses effets de manches. L'autre nazi en noir fit un pas en avant. Gabriel le pointa rageusement de l'index.

— Toi, tu bouges ne serait-ce qu'un doigt de pied, et ta gueule va ressembler au plan aérien de Dresde.

Il regarda madame de, qui, agacée, ne semblait tout à coup que contrariée. Une sérieuse, aux réflexes rapides. Elle n'avait pas eu un seul geste de compassion envers son massif portier qui soufflait comme un morse à genoux dans l'allée.

— Votre vulgarité m'étonne, madâme de Corvée de Chiottes Demain Matin de Bonne Heure. C'est signe de nervosité. Qui a écrit cette lettre ?

— Je vais appeler la police, cracha-t-elle.

— C'est ça. On va pouvoir demander officiellement une analyse graphologique.

Elle devint toute blanche.

— Qu'est-ce que vous voulez dire ?

— Je vous demande qui a écrit cette lettre à la place de Bérénice et de Frédéric.

— Mais… C'est l'écriture de Béré… Il n'y a aucun doute ! C'est moi qui l'ai trouvée ! Et ça a été confirmé par la justice !

— D'autres experts pourront intervenir…

— Le meilleur expert, c'est moi-même, sa mère. J'ai beaucoup de lettres manuscrites de ma fille…

— On aurait pu aussi leur dicter…

— Vous cherchez quoi, exactement, monsieur Le Prieur, ou je ne sais qui ?

— Je ne sais pas. Mais je trouverai. Je n'en avais plus vraiment l'intention, mais maintenant, je sais que tout ne tourne pas très rond dans votre propriété à la noix. Je vais vous faire avaler, jusqu'au trognon, tous les rhododendrons que vous avez dans votre casbah. Appelez la police, faites comme chez vous, vous avez vos amis, et j'ai les miens. On verra bien qui a les plus efficaces...

Gabriel tourna les talons et repartit sur l'allée. Il était fier de sa dernière tirade même s'il n'avait pas beaucoup de gugusses sur lesquels compter. Et la police, moins il la voyait, mieux il se portait. Un grain de sable, même infime pouvait faire dérailler sa petite entreprise de récupération individuelle. Alors, il se força à ne pas courir, à ne pas foncer dans les pentes herbeuses en direction de Pourville, de son hôtel, de sa bagnole. Ce qui l'étonnait, c'était la justesse relative du jeu de Mme de Longueville, apprenant que la lettre écrite de sa fille pouvait ne pas être d'elle. Elle avait eu, malgré toute la merde qu'elle avait sur la tête, quelques accents de vérité. Une petite faille ouverte dans le marbre de Carrare.

Il passa le portail ouvert sans se retourner et, juste après se mit à cavaler tout droit, puis tourna à gauche, et à droite, et encore à gauche. Il ralentit au bout d'un petit moment et adopta une marche rapide et régulière, tout droit, vers la mer. Un petit cimetière. Avec plein de bagnoles devant. Il entra, suivit la foule, l'endroit était presque trop charmant pour être vrai. Tous ces gens venaient voir la tombe de Georges Braque. Bordel. Au bout du monde, après une course effrénée, il tombait encore sur la tombe d'un grand peintre. A Auvers, une fois, il avait escaladé un mur, poursuivi par des bas-rouges dans la plaine du Vexin et était tombé sur des Japonais recueillis sur la tombe de Van Gogh, et qui l'avaient regardé comme une réincarnation possible de Paul Gauguin.

Il passa en trombe à travers le joli champ des morts, ignora Saint-Valéry, la chapelle typique, ce n'était pas le moment de virer Antéchrist, sauta le mur du bas et se retrouva à ras la falaise. Cinquante mètres plus bas, la plage de galets. Gabriel n'était sûr que d'une chose. Pourville était à trois, quatre kilomètres au nord, cinq par le chemin des douaniers. Il rentrerait sagement par là, les routes allaient être envahies par les copains d'Esposito, s'il en avait, et par Esposito lui-même, boitant, les mains sur les parties, cherchant partout celui qui l'avait niqué si lâchement et criant vendetta, vendetta et aussi porca miseria.

Il se mit en marche, parmi les ajoncs en fleur et les hautes herbes. Le chemin des falaises était sinueux, car elles s'écroulaient tous les deux cents mètres environ. Parties dures et parties molles. Craie, silex et terre. Les éboulis se voyaient parfaitement d'en haut, sans doute dus au ruissellement intense. Les rochers blanchâtres tombaient sur la plage, la mer les prenait, les cassait, les polissait et les rejetait en galets. Gabriel était content. D'une certaine façon, il avait rempli sa mission. Il avait jeté le trouble dans une maison triste et bien tenue. Il se sentait bien. Il n'avait pas trop honte de lui-même. Il n'était pas resté le cul sur sa chaise et avait pointé le doigt sur quelque chose d'assez monstrueux. Quoi, ça... Les autres se démerderaient avec. Il allait rentrer. Demain matin, il butinerait sauvagement Cheryl en lui disant que jamais plus il ne repartirait. Elle ne le croirait pas mais ferait semblant et jouerait à Elsa Martinelli dans les bras de John Wayne.

Il marcha environ deux ou trois kilomètres, passa quelques barrières, croisa quelques vaches aventureuses et équilibristes, repassa une clôture de fil de fer barbelé, remonta un petit raidillon et se trouva face à deux types. L'un, un roux en blouson de cuir vert, avait un fusil de chasse. L'autre était une sorte de torero en goguette. *Exit* pour tout le monde, pensa Gabriel en un quart de seconde. C'était trop con. Il pensa néanmoins que le fusil n'était là que pour impressionner. Quoique... Il allait être bon pour une doudoune maison. Mais les types n'avaient pas la gueule des vengeurs moyens qui viennent redonner un coup de peinture à leur honneur martyrisé. Ils avaient plutôt l'air de malfrats à la petite semaine qui n'hésitent pas, par bêtise, à tuer le dimanche et les jours fériés. Il sut alors qu'il était sur un truc d'enfer, dont il n'avait pas mesuré les effets. C'était bien de lui, ça. L'intuition.

— Un par un ou les deux à la fois ? rigola-t-il pour détendre l'atmosphère.

— Pauvre con.

Le torero se tenait à distance respectueuse. Sans doute pour ne pas s'exposer à un coup de corne imprévu. Il se baissa pour ramasser une grosse pierre. Gabriel n'aimait pas ça, ça sentait le lynchage. L'autre fit mine de lui jeter la pavasse à la tête. Par pur réflexe, Gabriel rentra la tête dans les épaules, tournant un peu sur lui-même, se protégeant de ses avant-bras. Le second tueur en profita pour lui balancer en plein dans les reins un coup latéral de son canon de fusil. Déséquilibré, Gabriel vit le vide sous lui, pensa aux gros silex quarante mètres en dessous, se dit qu'il s'était fait avoir comme une bleusaille, les sons disparurent à part le bruit du vent, et il tomba. Dans sa courte chute, il tenta de se protéger et de rester debout. Mais il heurta violemment un bout de falaise, fut déséquilibré, fit quelques loopings, sentit des chocs un peu partout sur son corps devenu très mou et perdit connaissance à la seconde même où il s'enfonçait dans un tas de glaise gluante et de branches d'arbres sèches, juste entre deux gros blocs de craie.

16

C'est le froid qui le remit en selle. Tout était tellement noir qu'il crut être aveugle. Jusqu'au moment où il se rendit compte que c'était de la boue qui le recouvrait presque entièrement. Il était tombé dans une coulée de terre d'éboulement, il n'était pas mort, ça allait chier, mais alors ça allait chier. Il ne pouvait faire aucun mouvement, il ne sentait pas vraiment de douleur, il devait être anesthésié par le choc, ou alors ses bras étaient coincés. Avec soulagement, il bougea les doigts de pied. Il ne serait pas hémiplégique, c'était déjà ça, il pourrait toujours apprendre à lancer des couteaux avec les orteils.

Avec mille précautions, il bougea la tête, enlevant petit à petit la boue qui la recouvrait, en se frottant délicatement contre une masse plus dure, près de son visage. La lumière revint brusquement. Une belle lumière de midi, bien franche. A pleurer. Il vit le mur gris de la falaise au-dessus de lui. Il était tombé, lui, Gabriel, le Poulpe, de là-haut, et il était toujours vivant. Gérard ne le croirait jamais, lui qui n'était jamais tombé plus haut que de son tabouret de bar, un jour où il nettoyait le ventilateur américain. Et puis il essaya de bouger, de se retourner. Ce fut comme si quelqu'un, en dessous, lui filait un coup de poignard en pleine poitrine. Les côtes. Ou bien cassées, ou enfoncées. Le voilà bien. Mais c'était un miracle absolu qu'il ne soit pas mort. Grâce à cette grosse poche de boue glacée, bloquée par deux énormes rochers, mouillée en permanence par une petite rigole venant des champs d'en haut, de là où il était tombé, d'où on l'avait balancé. Les visages de ces deux types, il ne les oublierait jamais. C'est à coups de flingot qu'il les éparpillerait si jamais il parvenait à sortir de sa gangue. Ce qui le rendait furieux contre lui, c'est qu'il ne savait pas si on avait tenté de le supprimer à cause de cette conversation à la con avec la Longueville, ou bien parce qu'il avait tatané le dénommé Esposito. Précaution ou vengeance. Il le saurait bien un jour. S'il sortait de là. Et pour se tirer de ce tombeau mou, il fallait prendre sur lui et tenter de bouger, de faire un ou deux mètres, passer le rocher et appeler la première personne qui flânerait sur la plage, quelqu'un venant chercher des petites moules et tombant sur le gros crabe qu'il était.

Il se récita un haïku, n'importe lequel, le premier qui lui vint à l'esprit.

Contre une dague
il voudrait bien échanger
le sabre de voyage.

C'était bien vrai. Il serra les dents et se démembra, selon les lois les plus évidentes de la schizophrénie. Un membre après l'autre, le pied, un genou, une main. Une araignée. A chaque fois que les muscles du dos, ou bien ceux du ventre, jouaient, Gabriel hurlait de douleur. A chaque fois, il se plongeait la tête dans la boue et faisait des bulles.

Il mit deux heures pour se retourner et glisser, sur les mains et le dos, deux mètres plus loin, juste derrière le rocher le plus gros. Il était épuisé, en sueur, il voyait tout blanc, mais il était satisfait. Devant lui, à présent, il y avait la plage, immense. Au loin, deux kilomètres à peu près, il apercevait les brise-lames de Pourville, et très loin, dans une brume bleutée, la ville de Dieppe.

Il devait à peu près être trois heures de l'après-midi et la sueur se glaçait sur son corps. Une vraie omelette norvégienne, le Poulpe. Il ne fallait pas rester là trop longtemps. Au-dessus de lui, il voyait la lèvre supérieure de la falaise qui lui paraissait aussi lointaine que le ciel. Il était tombé de là-haut, il avait dû rebondir plusieurs fois sur la pente qui n'était pas si verticale que ça. Du coup, il y avait à craindre que les tueurs puissent venir voir comment il avait pris cette chute, mais ils auraient eu largement le temps d'arriver jusque-là. Soit ils pensaient qu'il était mort, soit ils jugeaient que comme punition, ça suffisait amplement.

Gabriel voyait des promeneurs, mais trop loin. Il se mit à étudier leurs parcours pour savoir s'ils allaient passer à portée de voix. Mais ceux qui étaient le plus aptes à venir le frôler, faisaient inopinément demi-tour, sans doute parce que la marée montait et que bientôt ils ne pourraient plus marcher sur le sable humide. Gabriel les conspua à mi-voix, fallait vraiment être des zombis pour refuser de crapahuter sur des galets.

Une bonne heure passa ainsi, avec de longues distances entre lui, qui appelait à mi-voix, crier lui faisait mal, et des promeneurs lancés dans des pérégrinations anarchiques, venant et repartant, s'approchant des falaises et s'en éloignant pour regagner le bord de l'eau. Des nuages s'amoncelaient bien plus haut que l'horizon. Gabriel se voyait déjà trempé de pluie toute la nuit, ne clabotant pas de soif, il n'aurait qu'à ouvrir la bouche, mais crevant de froid et de rage. Il pensait à un roman de Maurice Leblanc, *L'Aiguille creuse,* qui devait se passer dans la région quand il aperçut, au loin, la silhouette dansante d'un joggeur. Gabriel détestait ce genre de bonhomme mais, là, il se dit que si ce type continuait son entraînement sans varier de trajectoire, il allait passer à cinq mètres à peine de lui. Il loua la discipline de ce primate qui se forçait à cavaler sur des galets au lieu de choisir l'asphalte plat et élastique des routes de Normandie, ou bien la terre meuble des chemins du bocage. Vas-y, vas-y, lui disait-il à mi-voix, fonce Alphonse, t'auras la médaille, change pas de main, vas-y, vas-y. Gabriel hurla quand le type fit un écart vers la mer. Il leva sa jambe, c'était le seul drapeau qu'il pouvait hisser, ferma les yeux et se mit à crier le plus fort possible, les mêmes paroles, ici, ici, au secours, au secours.

Quand il ouvrit les yeux, le type était au-dessus de lui, blanc, couvert de sueur, le regardant comme s'il était le plus gros fossile qu'il ait jamais vu.

— Mais vous, qu'est-ce que, vous... Vous ne...

— Je suis tombé de la falaise. Je ne peux plus bouger. Ça ne doit pas être trop grave, mais je peux plus arquer...

— Je vais avertir les gendarmes, ils ont un hélico.

— Ecoutez-moi... Vous allez continuer votre entraînement et revenir dare-dare à l'hôtel Normandy. Sur Pourville. Là-bas, il y a un client, ou le patron je ne sais pas, qui a un 4 × 4. Qu'il vienne vite. Ça ira plus vite que les pandores. Tout ce dont j'ai besoin, c'est d'un bain chaud. Après, j'irai à l'hosto.

— Vous êêêêtes tombé de la faaaalaise ? disait le type, regardant en l'air, totalement hébété.

— J'ai essayé de cueillir une azalée. Vous savez, une azalée, une éricacée qui n'est pas à feuilles persistantes et dont la fleur ne comporte que...

— J'y vais, j'y vais. Bougez pas !

— Je ne bouge pas, je vous le promets !

Il vit partir le type à longues enjambées, avec son body fluo, ses Nike tout-terrain et ses muscles bien huilés. Il ne croyait pas en Dieu, mais si ses anges étaient tous fringués comme ça, il ferait un effort, c'était promis.

Et, rassuré, Gabriel médita sa vengeance.

17

Une heure et demie après, Gabriel était allongé sur le siège arrière de la Toyota. Ce n'était pas le patron du Normandy qui avait cette grosse bagnole, mais son beau-frère, cadre commercial à Rouen, pour le compte d'IBM. Et Gabriel en avait déjà entendu un pacsif sur la bureautique et l'informatique, car, dès que le conducteur s'était désintéressé de son cas, il lui avait fait un tableau complet et dramatique de la situation de la grosse entreprise pour laquelle il travaillait en ces temps de crise et de reprise qu'on ne voyait pas vraiment pointer.

Gabriel, étendu dans sa boue, avait vu arriver de loin le 4 × 4, cahotant sur les gros galets, dérapant dans les zones les plus meubles, et rugissant malgré le vent contraire. Le patron de l'hôtel était venu, pas question qu'il loupe la gueule d'un client qui était tombé, oui tombé, de la falaise, et avec l'aide de son beau-frère d'IBM, d'un brancard d'urgence, et d'une nervosité exceptionnelle, avait réussi, manu militari, à grimper le blessé sur l'arrière du véhicule. Gabriel avait plus serré les dents que jamais dans son existence, mais il espérait, en ne se plaignant pas trop, éviter que les autres appellent les gendarmes et ne l'envoient à l'hôpital direct. Peine perdue, il échapperait sans doute à la Loi mais pas à la Médecine. Le beau-frère ferait un détour, avant de repartir vers Rouen, pour l'amener aux urgences, des radios s'imposaient, on ne savait jamais, un éclatement de la rate et en six heures il n'y a plus de bonhomme.

Gabriel devait jouer serré, la carte d'identité qu'il avait sur lui, au nom de Le Prieur, ne correspondait pas au nom qu'il avait déposé dans l'hôtel. Mais, bon, ses sauveteurs, certains de tenir enfin le miraculé de Pourville, ne devraient pas faire attention à ce genre de détail. Dans sa chambre, on l'aida à se rendre un peu présentable, toute cette boue sur ses fringues et sur son visage, et puis on l'emporta fissa vers le Centre hospitalier général de Dieppe. Pendant le trajet, l'IBM cow-boy lui prouva que ce serait plus sûr pour un chercheur comme Gabriel de mettre toutes les fleurs convoitées sur une banque de données plutôt que de tenter d'aller les décrocher d'une falaise friable et dangereuse. Gabriel ne l'écoutait pas ou presque. Il se sentait un peu mieux, respirait plus facilement, et ne comptait pas faire de vieux os chez les toubibs. Les hôpitaux, c'était un peu comme les commissariats. Quand on y entrait, on ne savait jamais dans quel état on en sortait. Et puis, là, fallait montrer patte blanche, la Sécurité sociale montrait les dents, les fichiers ressortaient... C'est pourquoi, pendant le trajet, Gabriel demanda à son convoyeur de ne pas s'offusquer s'il disait qu'il avait perdu tous ses papiers.

Il n'y avait pas foule aux urgences. Les accidents de la route connaissaient une accalmie. Bison futé roupillait. On le prit immédiatement en charge, la valse des brancards à roulettes, et les sbires du service de radiologie parurent tout contents d'avoir de quoi s'occuper. Trois côtes démises et déplacement de l'os de la hanche. Hématomes divers sur les fesses et les épaules. Gabriel déclara ne pas avoir ses papiers mais donna le numéro de Cheryl. Elle savait quoi faire à cette occasion. De retour dans sa chambre, il lui téléphona immédiatement pour la rassurer.

— Mais enfin, Gaby, tu me téléphones de Dieppe, première nouvelle déjà, et puis de l'hôpital, c'est un endroit très normal pour téléphoner, et tu me demandes de ne pas m'inquiéter.

— J'ai mangé des huîtres. Il devait y en avoir une de dégueulasse. On va me faire un lavage d'estomac.

— Tu te fous de moi, ou quoi ? Ils feraient mieux de te faire un lavage de cerveau, ouais.

— Ecoute, Cheryl...

— Et ne m'appelle pas Chérie, j'ai horreur de ça !

— J'ai pas dit Chérie, j'ai dit Cheryl, merde !

— T'as qu'à m'appeler Bob, comme ça j'pourrai pas confondre.

— Bob ? Pourquoi Bob ? Tu t'appelles Robert, maintenant ?

— Bob, c'est le diminutif de bobonne, ducon !

Et elle raccrocha.

Gabriel se força à ne pas rigoler. L'inquiétude et l'amour de Cheryl se transformaient assez facilement en agressivité. Et c'était tellement attendrissant.

Il la rappela et, après les mamours d'usage, Gabriel manœuvra finement pour qu'elle accepte de demander à un de ses « soupirants » qui se disait journaliste de se renseigner sur une famille normande, les de Baily de Longueville, savoir la teneur de leurs engagements, leur vie politique, le social, des trucs comme ça...

— Il va falloir que je lui promette le grand huit pour qu'il se mette au boulot, celui-là...

— T'as le vertige ?

— Avec toi, oui.

— Accroche ta ceinture, je reviens bientôt.

— Des mots.

Il raccrocha en souriant, légèrement ému. Quelquefois, il se demandait s'il ne devrait pas se mettre en ménage avec un tel volcan. Mais Cheryl ne voulait pas. Elle voulait garder sa liberté, voulait profiter d'être femme, avait d'autres amants, avec lesquels elle avouait moins se marrer qu'avec Gabriel, mais elle y tenait. L'unicité lui paraissait une tare. Ce n'est pas en visitant un seul pays qu'on connaît le monde, elle disait. Le mariage, ça serait comme une retraite, à soixante piges, pas avant. Et, par instants, Gabriel se demandait si la jeune femme n'avait pas, envers lui, des pratiques plutôt plus maternelles qu'autre chose.

Et puis on vint le chercher, on l'amena en kinési, on le

malaxa à mort, on lui fit même des trucs électriques, et une sorte de barbare lui remit les côtes en place. Il hurla et traita l'interne de Serbe, puis le type s'attaqua à sa hanche et, là, Gabriel sut qu'en fait c'était un Oustachi. On lui fit deux ou trois piquouzes, des calmants. De retour dans son lit, il demanda une bière à l'infirmière et n'eut pas le temps d'insister car il s'endormit immédiatement, fourbu, brisé, crevé.

18

Quand il émergea, Cécile était à son chevet.

Elle le regardait comme si elle étudiait de près une baleine échouée.

— Vous ronflez.

— C'est toute la merde que j'ai dans la tête.

— Vous êtes tombé d'une falaise ? C'est incroyable !

— Qu'est-ce que ça a d'incroyable ? Il y a des falaises partout dans ce putain de bled...

— Mais, ici, personne ne tombe jamais des falaises !

Elle était proche du fou rire.

— Eh bien, moi, je tombe des falaises.

Cécile continuait de le détailler. Ses yeux couraient sur le corps à moitié nu de cet homme étrange en même temps qu'immense. Les épaules qui dépassaient des draps. Ses cheveux bouclés. Il aurait presque pu remplacer Elliott Gould, vingt ans avant.

— Pourquoi vous ne voulez rien me dire ? Vous vous méfiez de moi ?

— Oui. Vous êtes une jeune fille.

— C'est si dangereux que ça, une jeune fille ?

— A votre avis ?

Cécile minauda un peu puis se mit à regarder Gabriel intensément, genre le premier matin du monde. Allons bon, pensa-t-il.

— Si vous voulez me faire plaisir, revenez demain à la même heure. Vous savez conduire ?

— Non, mais mon mec a le permis.

— Je l'ai un peu traité, hier.

— Il s'en fout. Il a l'habitude.

Bon. De la main, il ouvrit le tiroir de la table de nuit, fouilla dans le tas d'objets personnels et lui remit les clefs de la Twingo.

— Elle est garée juste derrière le Normandy. Revenez ici vers 11 heures du mat'. Il y a un creux, avant la bouffe. Vous m'emmènerez.

— Et on gagne quoi ?

— Vous je ne sais pas. Votre pote, je peux lui trouver les Mémoires de Sid Vicious.

— Il les a déjà.

— Bon. Il aura les Mémoires d'Alain Minc.

Cécile se marra franchement. De ce rire que l'on a quand on est nu au fond d'un lit, au petit matin et que le partenaire fait l'imbécile avec les croissants du petit déjeuner.

19

En début d'après-midi, Cheryl téléphona. Pour d'abord lui demander si c'était toujours un homme. Gabriel répondit qu'il pensait que oui, mais que ça dépendait de la femme, en grande partie. Alors Cheryl lui confia les résultats de l'enquête rapide menée par un de ses « admirateurs » travaillant dans un ministère dont le seul nom rendrait malade Gabriel. Louis de Baily de Longueville, profession avocat, détaché par Bruxelles sur des problèmes agricoles. Mais il s'est illustré en défendant, deux fois déjà, des commandos antiavortement, une fois à Poitiers, l'autre fois à Nantes. Son épouse, née Yvonne de Miromesnil, descendante, sans doute par les compresses, de Maupassant, n'apparaît pas dans l'organigramme. Mais est extrêmement influente dans certaines associations caritatives d'obédience catholique pure et dure, dont « L'Onction du Fils » et le « Don de Dieu », spécialisées dans l'aide et l'assistance aux mères en difficulté, aux jeunes filles perdues, et aux orphelines. On peut lire son éditorial, tous les dimanches, dans une feuille de chou sacrée, distribuée dans toutes les églises de Normandie, *La Foi de la Vie*.

— Tu vires curé ? demanda, pour finir, Cheryl, assez inquiète.

— Non. Je fais des recherches exhaustives sur la position du missionnaire.

— Moque-toi. Vaut mieux un bon missionnaire qu'une mauvaise brouette de Hong Kong.

— Ça se discute. Dès que je reviens, on essaiera les deux. Tu jugeras.

— Guéris, d'abord.

Alors, comme ça, les comiques de Varengeville donnaient dans l'intégrisme catho. L'ennemi total, se rassura Gabriel. Son intuition ne l'avait pas emmené en bateau.

C'était déjà ça. Il n'aurait pas aimé avoir à combattre des

gens de son bord. Là, il pouvait y aller franco. Aux lions les chrétiens et vive Néron !

Le restant de la journée se passa en soins intensifs. Sa hanche ne le faisait presque plus souffrir, juste une sorte d'engourdissement. Il boiterait un peu pendant quelques semaines, on ne lui conseillait pas de transporter des sacs de ciment, mais tout allait bien. Il n'y avait pas de lésions graves. De lésions dangereuses, avait rigolé le médecin.

— Vous êtes un miraculé, pour un tel vol plané. Mais on a déjà vu ça. Pendant la guerre, y a bien eu un pilote, un Russkof ou un Canadien, je sais plus, tombé de trois mille mètres de haut sur des sapins enneigés, et qui s'en est tiré avec deux fractures toutes simples et des tympans crevés.

— Je risque rien, j'ai pas mon brevet de pilote, répondit Gabriel.

Une infirmière lui demanda même s'il ne voulait pas qu'un journaliste des *Informations dieppoises* fasse un article sur lui, pour l'édification des masses. Gabriel lui demanda de s'abstenir de ce genre de démarche, sinon elle découvrirait ses pulsions sadomasochistes à tendance cannibale, que le Japonais batavophage, à côté, c'était un végétalien. La jeune femme lui lança une telle œillade qu'il se demanda si cette menace n'était pas pour elle une sorte de possible traitement de faveur.

Et puis il mangea, fit quelques pas dans le couloir, regarda un peu la télé, ne comprit rien, et s'endormit. La nuit, il eut une longue insomnie, repensa à toute cette histoire, tenta, dans le silence de l'hosto et les ronflements franchissant le couloir, de mettre les pièces de son énigme dans l'ordre, mais il avait du mou de veau dans la tête et ne parvint à rien de remarquable. Trop d'éléments manquaient. Et il n'y avait aucune raison que ces pièces-là, on les lui apporte sur un plateau. Il n'était sûr que d'une chose, il allait retourner Dieppe dans tous les sens pour retrouver ses deux agresseurs et leur transformer la tête en compteur à gaz à ailettes.

20

Le lendemain, il attendit Cécile avec fièvre. Il en avait ras le bol de la Santé publique et ne pensait plus qu'à une chose, une bière, n'importe laquelle, ça frisait l'obsession, il était même prêt à s'enfiler une Budweiser, ou toute autre pisse anémiée d'Amerloque.

Dans le couloir, au bout, un plombier jouait du chalumeau, assis par terre, entouré de ses instruments bien alignés, comme si les lieux l'obligeaient à se comporter en chirurgien. Gabriel discuta avec lui quelques instants, la maladie, la santé, le monde, tout ça. Le type était en train de refaire tout un circuit d'arrivée d'oxygène. Fallait braser et non simplement souder. Tu parles d'une chierie.

Cécile arriva enfin.

Gabriel la laissa à la porte de sa chambre pour faire le guet, pendant qu'il enfilait difficilement ses habits. Il n'avait pas trop envie de signer une décharge, de se lancer dans des explications oiseuses, ou de forcer le passage. Deux infirmières passèrent mais Cécile joua la fille qui faisait les cent pas dans le couloir en attendant que son pépé se réveille.

Et ils sortirent du service, se dirigeant vers cet ailleurs qui ne sent ni l'éther ni la créosote. Dans le grand couloir menant au hall d'entrée, ils croisèrent une troupe de gens, avec des têtes sérieuses, cheveux courts et blousons, vestes de cadres et joggings, courant en sens inverse, en ordre, comme un commando, de grands sacs plastique à la main. Gabriel entendit des cris dans les couloirs, et des vociférations dans l'entrée générale. Il prit Cécile par le bras et la plaqua contre le mur. Il venait d'apercevoir, au milieu de cette horde décidée et trop silencieuse pour être honnête, le jeune homme, le goebbelsoïde, qui, sur le perron de la cagna des de Longueville, s'était tenu derrière Madame, prêt à intervenir.

La chance lui souriait. Gabriel fit demi-tour et tenta, malgré sa hanche, de les suivre. Il se fit semer, mais, grâce à l'animation causée par l'intrusion de ces forcenés, il eut vite fait d'arriver là où ils s'étaient dirigés, au service de gynécologie obstétrique de l'hôpital. Partout des cris, des insultes, des coups. Une infirmière avait le nez en sang et pleurait, assise par terre, un plateau de compresses renversé à ses pieds.

Gabriel et Cécile assistaient, stupéfaits, à un sport assez moderne, l'attaque par un commando anti-IVG d'un service où l'avortement est pratiqué. Ils allaient voir de près des dinosaures en plein délire de persécution par empathie.

Mais Gabriel s'en foutait, de la paléontologie appliquée. Il se pinçait pour y croire. La chance était avec lui, c'était pas croyable. S'il pistait le jeune facho, il pourrait sans doute remonter jusqu'aux hommes de main de la falaise, et se payer sur la bête.

— Fonce du côté de ma chambre. Et ramène-moi le chalumeau du plombier qui bosse au bout du couloir, cria-t-il à Cécile.

Elle le regarda avec de grands yeux de débile.

— Fonce !

Il fallait faire vite. Les flics allaient arriver dans moins de dix minutes. Il y avait un beau bordel, des médecins et des infirmiers en blouse blanche arrivaient en cavalant pour prêter main-forte au personnel. Mais le commando, bien huilé, entraîné comme pour l'attaque d'un bunker, avait déjà accompli la première phase de son boulot. Gabriel, entrant dans la salle de soins, put voir la dizaine de personnes allongées par terre, attachées entre elles, aux tables et aux tuyaux de radiateur par de gros cadenas de motos. Il ne reconnut personne, à part le jeune type déjà vu chez les Longueville. La boucle était bouclée. Tout ça, c'était le même monde. Et puis les cadenassés se sont mis à chanter un cantique en latin, avec des voix de fausset. Il y avait un type, petites lunettes cerclées, qui avait sorti un missel. Un curé en civil.

Pour Gabriel, c'était un cauchemar. Il ne pouvait pas s'empêcher de voir, dans tous ces corps attachés, une macabre reconstitution, celle de Frédéric et de Bérénice, eux aussi menottés aux rails. Mais ici, il n'y aurait pas de train arrivant à toute vitesse. Que des gendarmes et des pompiers qui feraient tout pour ne pas leur faire trop de mal en les libérant. Ces enfoirés ne risquaient pas grand-chose, défendus efficacement par le ténor du barreau de Varengeville, une condamnation en correctionnelle et quelques dommages et intérêts, payés sans doute par les richissimes associations gérées par Yvonne de Baily de Longueville. Gabriel se sentait devenir dingue et ne quittait pas des yeux le jeune crétin habillé de noir, qui chantait, les yeux fermés, au fond de la salle. Les médecins gueulaient, demandaient l'aide des autorités. Gabriel profita de l'agitation pour enfiler une blouse accrochée à une patère, juste à l'entrée du bloc opératoire.

Une sorte de calme relatif s'installa. Un vieux ponte venait d'apparaître, un professeur, une huile de l'hôpital, car les internes et les infirmières lui parlaient avec déférence et semblaient attendre ses ordres. Avec des gestes patients et mesurés, il demanda le calme parmi son équipe et intervint quand un infirmier voulut taper à coups de pied sur l'intégriste le plus proche. Mais il regardait les attaquants d'un air pitoyable, comme si c'étaient des virus ou des microbes, il tenta même de discuter, lui aussi était catholique, mais la charité ne pouvait pas être à géométrie variable. Il tenta de négocier jusqu'au moment où les cadenassés l'injurièrent et entonnèrent à nouveau un cantique. Le vieux haussa les épaules et partit, suivi de son équipe, en vociférant que force resterait donc à la Loi, et qu'il porterait plainte pour entrave à son travail et à ses prérogatives. La plupart des blouses blanches déblayèrent le terrain, seuls quelques aides-soignants restèrent pour insulter les assaillants. Dont le Black qui avait vraiment envie de cogner. Il devait avoir un truc perso à régler, ce type. Un peu comme moi, pensa Gabriel.

Cécile revint avec le chalumeau et sa petite bouteille de Butagaz. Gabriel s'en empara et s'adressa au Black :

— Ils ont les clefs sur eux, j'en suis sûr, et on va savoir ça tout de suite.

— Vous êtes fou !

— C'est juste pour leur faire peur. Merde, ils vont pas nous faire ça tous les quinze jours... Venez, on va rigoler un peu. Ça leur fera les pieds. Ils vont pas regretter d'être venus. Ça sera mieux qu'un voyage dans les pays chauds.

L'infirmier regarda tout autour de lui, guettant un assentiment. Personne n'avait l'air de comprendre ce qui se passait.

— On va rigoler un peu, lui dit Gabriel. C'est vrai quoi, ils vous empêchent de bosser, ces têtes de merlans, ils viennent vous narguer, ils vous prennent pour des assassins. Y a pas de raison de ne pas s'amuser un peu avant que les gendarmes les emportent en les ménageant. Les bleus seront là dans cinq minutes, et après, on n'aura qu'à les regarder en train de ricaner pendant que les gendarmes s'escrimeront avec leurs scies électriques. Si on les agite un peu, maintenant, tout de suite, ils ne reviendront pas.

— C'est vrai, merde, admit l'infirmier qui vira les aides-soignants dans le couloir, en leur demandant de bloquer la porte quelques instants.

Gabriel alluma le chalumeau et, quand la flamme jaune ronfla, tous les membres du commando le regardèrent comme une sorte d'inquisiteur espagnol arrivé direct du Moyen Age. Le monde à l'envers. Pris à leur propre jeu. Il alla se placer à côté du jeune homme et se mit à chauffer directement le métal du cadenas. Le type n'avait pas l'air d'y croire. Il venait de reconnaître Gabriel, armé du feu de l'enfer et un vent de panique passa dans ses yeux clairs.

— La clef, où elle est ? beugla l'infirmier.

Le type ne répondit pas. Il fixait Gabriel d'un œil torve.

Le métal fumait, presque rouge sous la flamme à vingt centimètres du cou du type. Ça devait sérieusement le chauffer. Ça serait vite intenable.

— On n'a ja-ja-mais de-de clef, balbutia le type. On claque les antivols. Arrêtez...

— Esposito, il habite où ? dit doucement Gabriel.

Le type se tortilla, les larmes aux yeux.

— Il loge dans le chalet du parc.

Gabriel, en riant fort, éteignit son chalumeau.

— C'était une blague, il cria. La police arrive. Vous êtes sauvés. Une nuit en cabane, vous allez voir, c'est sympa, bande d'enfoirés !

— Ordures ! hurla l'infirmier. Primates !

La cohorte des médecins et des officiels revint. Personne ne daigna remarquer le chalumeau que Gabriel avait planqué derrière un meuble. Dans le brouhaha général, il en profita pour shooter dans la tronche du jeune type enchaîné. Cécile avait l'air de beaucoup s'amuser. Gabriel la prit par la main et fonça aux admissions. Il entra en force dans le bureau et fondit sur une des secrétaires à qui une copine de gynéco racontait l'attaque du commando. Il vit alors passer une escouade de képis bleus fonçant vers le lieu de l'occupation. Il y en avait un qui portait un cric de bagnole. Les nouvelles vont vite, se dit-il, les flics font comme les petits truands. Ils ont appris la technique. Rien de tel qu'un cric pour casser un gros antivol, suffit de bien s'y prendre.

Gabriel n'eut aucune difficulté pour avoir la liste des filles qui étaient, ce jour-là, admises pour une interruption volontaire de grossesse. Il y en avait sept, dont Bérénice de Longueville.

21

Gabriel sentait à nouveau sa hanche, c'était comme un cisaillement assis à ses côtés, mais la rage qui l'habitait faisait office d'anesthésiant. Dans la Twingo qui le ramenait vers Pourville, il n'osait pas changer de position de peur que la douleur ne devienne trop forte et l'empêche de résumer tout ce qu'il savait. Bernard, le punk, le « fiancé », conduisait comme s'il avait une Juvaquatre entre les pattes. Il ne risquait pas de se faire gauler pour excès de vitesse.

— Un jour, dit-il, si vous avez le temps, vous m'expliquerez. Vous m'agressez, et puis vous me demandez de vous aider. J'ai comme l'impression d'être manipulé... Ce monde est dur...

Cécile, assise sur le siège arrière, s'était accoudée au siège avant et Gabriel sentait son souffle parfumé sur sa nuque.

— Je ne comprends pas. O.K., Béré allait se faire avorter. O.K., ses parents ne devaient pas être d'accord, on s'en doute. Mais de là à se flinguer ! dit Bernard.

— Ils ne se sont pas suicidés, marmonna Gabriel.

— Mais comment vous pouvez dire ça ! Et même si ses parents étaient suffisamment tordus pour monter une opération de commando le jour où leur fille subissait une IVG, ils savent bien qu'elle est morte, ses parents, merde, alors, cette opération ne tenait plus, ils pouvaient l'annuler !

— Je sais.

— Et je vous rappelle que Bérénice était mineure. Et qu'il lui fallait l'autorisation de ses parents pour se faire avorter, intervint Cécile.

— Je sais.

— Et que cette autorisation, elle l'a eue, puisqu'elle était admise !

— Je sais.

— Alors ?

— Je sais pas...

— Je sais je sais pas je sais je sais pas...

— Je te signale, petite fille, que l'on a quand même essayé de me tuer en me balançant de la falaise.

— Je ne suis pas une petite fille.

— Et qu'on n'a que très peu de temps d'avance, juste le temps que les pandores délivrent les autres ahuris, après, le type dont j'ai un peu chauffé les oreilles, à la première occase, il téléphone.

— Je ne suis pas une petite fille.

— Tu n'es pas une petite fille, mais dès qu'on arrive, tu vas rentrer chez toi et tu vas sucer ton pouce. Si dans trois heures, je ne t'ai pas téléphoné, tu appelleras ce numéro et tu raconteras tout à la dame.

— C'est ta femme ?

— Non. C'est ma mère.

Bernard était toujours très concentré sur la conduite. Il ne pouvait pas tout faire en même temps. Il eut quand même un vrai sursaut de mec.

— Je vous permets pas de tutoyer ma copine.

22

A l'hôtel Normandy, Gabriel but d'abord deux bières. Coup sur coup. Deux Leffe. La seule chose valable que des moines puissent faire. Le patron le fixait en disant simplement ah ! ça alors ah ! ça alors. Puis Gabriel paya sa note, reprit ses affaires, se changea en vitesse et dit au revoir, merci pour tout, je vous enverrai des clients.

Dans la Twingo, il sortit de son sac le Beretta qu'il mit à sa ceinture, et avala plusieurs pilules contre la douleur. Et d'autres pour le mental. Cécile était repartie chez elle, et, avant de le quitter elle l'avait embrassé sur la joue.

— Comment vous vous appelez, en vrai ?

— Je m'appelle le Poulpe.

Elle avait haussé les épaules, puis était partie à pied.

— Vive le rock, avait simplement lancé Bernard, filant à ses trousses.

23

Gabriel avait repris la route de Varengeville. Deux jours avant, et à peu près à la même heure, confiant, il montait à pied une petite route tranquille, entre vaches et rhododendrons. Maintenant, il serrait les dents pour évacuer la douleur et ses phalanges, sur le volant de la petite voiture, étaient blanches. Il n'en savait pas beaucoup plus, ne comprenait pas grand-chose, mais avait à présent un objectif, un ennemi. Mao avait dû émettre une pensée là-dessus…

Il erra un peu dans le village, ne retrouvant rien, se perdant.

Et puis, il se vit passer devant le grand portail, de mauvais souvenirs lui revinrent en mémoire, tourna vite à gauche, fit grossièrement le tour de la propriété. Effectivement, au fond du parc, il y avait une jolie maison de gardien en brique elle aussi, avec des pignons ornés et une grande porte cochère. L'entrée, autrefois, des paysans, de ceux qui bossaient, ceux qui amenaient paille et fumier, et qui n'avaient rien d'autre à espérer que des miettes. Gabriel gara la Twingo un peu plus bas, respira profondément, ses côtes, il ne les sentait presque plus, sa hanche, ça pourrait aller, sa rage, elle, restait intacte, gonflée à bloc. Il sortit de son véhicule, rasa le long mur d'enceinte et se planqua près de la petite porte d'entrée des gardiens. Aucun bruit. Il n'entendait que le dehors, les vaches, des oiseaux, le ricanement d'une pie, des voitures, au loin. Sur le bord de la porte, pas de judas, pas de caméra, non plus. Là où il se trouvait, fallait vraiment savoir que c'était l'arrière de la propriété des Longueville. Il ouvrit sa veste, prit le Beretta et frappa à même le bois. Rien. Il détailla le petit chambranle, pas de serrure de sécurité. Alors, il repartit en sifflotant, ouvrit le coffre de la Twingo et sortit de son sac ce qu'un néophyte ou un naïf aurait pris pour un cure-pipe. Il crocheta la serrure en trois secondes. Toujours personne. Les avantages de la campagne. Le calme et la sérénité. Les vacances du monte-en-l'air.

Il y avait deux pièces, au rez-de-chaussée, meublées spartiate malgré la télé, le magnétoscope et le décodeur Canal Plus. Une pile de journaux à sensation, quelques livres, des romans de science-fiction bon marché et deux Stephen King. Le lit était défait, et dans le petit évier lavabo, des tasses à café étaient empilées.

Dans chaque pièce, une grande fenêtre donnait sur l'incommensurable parc-jardin des de Baily de Longueville. Loin derrière les frondaisons, il pouvait apercevoir l'arrière de la maison mère, avec deux BMW noires et une Mercedes bleu acier garées devant des massifs de spirées. Personne à l'horizon à part un type assis sur l'aile d'une des tires et qui se rongeait les ongles pensivement. Gabriel sentit sa tension monter de dix points sur l'échelle de Boumboum, ce type avait tout l'air d'être l'espèce de torero qui l'avait balancé dans le vide. Manquait plus que le crissement des cigales et on aurait pu avoir une séquence d'un film anglais à suspense.

Le bel Esposito devait faire l'esclave en costard trop grand à l'entrée officielle. Répondre à l'interphone, apprendre par cœur les cartes d'identité des visiteurs. Ou servir le thé. Gabriel s'assit sur un radiateur et attendit. Il se sentait calme. Posé. Il avait le temps pour lui. Personne n'était à ses trousses. Il était chasseur. Il avait trouvé ses proies.

Il n'attendit pas longtemps. Un quart d'heure plus tard, il vit la silhouette d'Esposito se traîner vers sa maison, en s'épongeant le front. Il avait toujours ce costume noir incroyable dont le bas des pantalons tire-bouchonnait. De loin, on aurait dit un pingouin marchant sur l'herbe et zigzaguant à cause de la chaleur. Gabriel se cacha derrière la porte d'entrée, armant le pistolet. Il serrait tellement les dents que les molaires du bas semblaient s'incruster dans ses pommettes.

Esposito enfonça plus la porte qu'il ne l'ouvrit. A peine entré, il jeta ses mocassins au fond de la pièce, de deux coups de pied rageurs. La porte claqua derrière lui. Esposito fit un bond, se retourna et aperçut son visiteur.

— Du calme, dit Gabriel en pointant le Beretta droit devant lui. Pas la peine de t'agiter.

Esposito le regardait. Pas vraiment effrayé. Plutôt soulagé, presque.

— Si tu bouges, si tu cries, je tire. Sans discuter. Les tueurs discutent toujours au moment de flinguer. C'est comme ça que les victimes s'en sortent. Mais ça, c'est au cinéma. Fais ta prière, Tom Dooley.

Esposito se mit à sourire. Gravement. Puis il se laissa tomber en arrière sur le lit qui grinça sous son poids, et mit ses bras derrière sa nuque en regardant le plafond en souriant. Gabriel, décontenancé, ne savait plus trop quoi faire. Esposito lui jeta un coup d'œil.

— Je peux dire quelque chose ? Tu insultes ma patronne,

après tu me tatanes les parties et maintenant tu veux me dessouder. C'est de l'acharnement.

— Qui c'est le type, là-bas, sur la bagnole ?

— Je sais pas.

— Mais si tu le sais. L'autre jour, dès que j'ai passé le portail, ta patronne a lancé à mes trousses ce mec et un de ses copains, un roux avec un blouson vert. Ils ont essayé de me tuer. Ils m'ont pisté jusqu'au bord de la falaise...

— Facile, les étrangers au patelin, tout le monde les voit, ici. Les rideaux sont transparents.

— C'était qui le type en blouson, le roux ?

— Je suis pas une donneuse.

— Et si je te tape dessus ?

— Allez-y. Aujourd'hui, je suis blindé.

La situation était totalement surréaliste. Genre tasse de thé. Avec les petits fours. Normalement, il aurait dû y avoir du sang sur les murs. Et Esposito rigolait, fataliste, se moquant ouvertement de son tortionnaire raté.

— N'importe comment, t'es coincé. Si tu tires, toute la baraque va se pointer ici. Et si tu cherches à me cogner, je vais me mettre à hurler, et je vais me défendre, et ce coup-ci tu ne me prendras pas en traître et toute la bande va rappliquer pareil.

Gabriel le menaçait toujours de son arme, figé, hiératique. Dehors, des crissements sur le gravier, des bruits de moteurs, des portières qui claquent. Deux autres voitures, des grosses, une Rover et une Audi, venaient de se garer à côté des autres. Il vit trois hommes se diriger vers la maison. Salutations diverses avec Yvonne, en robe jaune, et un grand type en costard. Monsieur sans doute.

— C'est qui tous ces pingouins ?

— Ça peut te foutre ? T'es de la police ?

— Je vais tirer dans la première bagnole, on va bien voir.

— Tire plutôt sur le type assis sur le capot. C'est un enfoiré. Il vient de me dire en rigolant que j'étais un babouin et qu'en tant que babouin il était temps que je rentre dans ma cage.

— Et t'as rien dit, Esposito ?

— Ce type a un 357 sous l'aisselle.

— Esposito, t'es une lavette. Tu te fais traiter par n'importe qui. Ta vie va être un enfer si tu laisses faire.

— C'est pas n'importe qui. Des Flamands. Il y a aussi un Anglais. Des étrangers, quoi. Des types qui parlent de choses qu'un singe comme moi ne doit pas entendre. Moi je ne suis bon qu'à ouvrir la porte, faire chier les livreurs, me prendre des coups de pied dans les couilles, me faire traiter de macaque et me faire braquer dans mes appartements.

— Et ils sont là pour quoi, exactement, tous ces gens ?
— Je sais pas. Ce sont les affaires de Monsieur. C'est international, tout ça. L'Europe. Monsieur va souvent à l'étranger lui aussi.
Tout ça sentait mauvais. Ce n'était pas la Banque mondiale. Eux, ils vont dans des hôtels à particule. Là, dans cette maison tranquille et isolée, ça sentait le pourri à plein nez.
— Tu connaissais Bérénice ?
Esposito resta pensif un long moment.
Gabriel sut alors qu'il avait touché par hasard un point sensible. Et il se sentait tout con avec son Beretta toujours pointé sur ce gros corps ventru allongé en pleine réflexion, comme si c'était une nouvelle façon de faire de la psychanalyse.
— Ouais. Elle était gentille. Un peu pimbêche, c'est normal, dans cette baraque, mais gentille. Elle me filait des bouquins. Elle a peut-être pris une sage décision. Y avait que moi dans cette baraque qui était plus maltraité qu'elle. Même ses sœurs la faisaient chier.
Gabriel réfléchissait à toute vitesse. Fallait pas mollir. Taper dans le mille.
— Bérénice, elle était au courant de ce genre de réunion ?
— Comme tout le monde... Sans trop savoir... Elle fait de l'espagnol dans son lycée. Son vieux lui a demandé de faire l'interprète la dernière fois. Elle a refusé. Ça a été encore un beau bordel, tiens... Il y a un mois à peu près, y avait surtout des Espagnols.
Et il se marra, toujours allongé sur son lit.
— Des babouins comme moi.
Ça sentait très mauvais tout ça. Le côté réunion secrète. Ça faisait Opus Dei ou Amérique latine, ça sentait le putschiste.
— Bon.
— Ça c'est vrai.
— Le type, dehors, et l'autre, le roux avec son blouson, ils crèchent ici ?
Esposito, pour la première fois depuis un bon moment, le regarda dans les yeux.
— C'est quoi vos intentions ?
— Ces deux-là, j'aimerais bien me les faire. Après... Un partout, la balle au centre, je me casse et vous vous démerdez avec vos patrons.
— Et vous allez vous les faire comment ?
— Dur. A fond.
Les yeux d'Esposito pétillèrent. Du dom pérignon brut.
— Les huiles habitent sur place. Quant à ces deux types, ils logent avant Petit-Abbeville. Au Hamelet. La maison avec du

lierre partout, et les volets blancs. C'est là où habite un ami de Madame, qui s'occupe de la sécurité à la Centrale du Penly, au nord de Dieppe.

— Merci, Esposito.

— Magnez-vous, ils repartent demain.

— Pas de problème.

— Mais vous êtes qui, vous ?

— Le Poulpe.

— Le Poulpe... On croit rêver. Le Poulpe contre les pieuvres. Ça, c'est bonnard.

Et Gabriel sortit de la petite maison, courut vers la Twingo, démarra sans demander son reste, des fois où Mitchum aurait un retour de mauvaise conscience. Il avait plein de choses à faire, un paquet de trucs à vérifier. Une vague idée du canevas général pointait dans son cerveau. Une idée simple, trop simple même. Mais fallait en être sûr. Trop de douleur s'était déjà accumulée sur peu de kilomètres carrés. Il ne s'agissait pas de remettre une couche de malheur sur une tartine déjà sombre.

24

Il passa prendre Cécile. Bernard était déjà reparti vers de nouvelles aventures. La mère de la jeune fille regarda d'un drôle d'air le type un peu bizarre qui venait chercher sa fille. Elle osa seulement demander à sa progéniture si sa dissertation était faite. Et Cécile lui répondit seulement : « Maman je t'en prie... » C'est vrai qu'avec un possible gendre comme Bernard, la dame était blindée.

Dès qu'ils furent dans la voiture, Gabriel attaqua bille en tête.

— Bon. Va falloir aller vite. J'ai besoin de toi.

— Qu'est-ce que vous entendez par là, minauda la jeune fille.

— Je t'en prie. Tu pourrais être ma fille.

— Et alors ?

— Bon. On se tait. On se calme. On ne pose surtout pas de questions. T'imagines simplement que Bérénice et Frédéric aient un truc important à révéler, à dire à quelqu'un. Disons un truc politique.

— Qu'est-ce que vous entendez par politique ?

— Je ne sais pas trop. Un truc un peu duraille. Genre extrême droite, par exemple.

Cécile réfléchit en ne quittant pas des yeux le type incroyable qui était à côté d'elle. Gabriel se concentrait sur la route, les lacets qui montaient la falaise vers Dieppe.

— Béré, je sais pas. Frédéric, du temps que j'étais avec lui, a fait partie d'un groupe, des gauchistes, un peu de tout. Le Scalp, ça s'appelle. Je ne me souviens plus ce que ça voulait dire.

— Section Carrément Anti Le Pen. Je suis pas sûr de section. Très bon. Ça colle. Et il avait des copains au Scalp ?

— Ouais, pas mal. Tiens, Bernard, par exemple.

— Et Bernard, il y est toujours ?

— Dans sa tête, oui. Mais il est plus souvent au garage.

— Au garage.

— Là où il répète avec ses potes. Phoque.

— Pardon ?

— Phoque, c'est le nom du groupe.

Elle regarda sa montre.

— Il doit y être, en ce moment.

— Tu me guides, on y va. C'est loin ?

— Derrière la gare.

25

Gabriel sentait la qualité particulière de cet énervement qui le prenait quand les pièces d'un puzzle commençaient à s'assembler. Bientôt, il pourrait revenir à Paris, reprendre ses cafés-tartines du matin et surtout se foutre de la gueule de Gérard. Pour l'instant, il avait à conclure. C'était là où il ne devait pas faire de gaffe, ne pas aller trop vite et surtout y trouver son compte. Le Poulpe n'était pas le redresseur de torts de base. C'était simplement un pinailleur un peu plus intuitif que les autres. Il n'émargeait ni pour la loi, ni pour la morale. Pour lui, essentiellement. Donc, à chaque fois, il lui fallait « récupérer » et se payer sur la bête. Avec quoi, ça dépendait. Du lieu, du temps, des gens. Il verrait bien.

Le garage des punks n'était pas loin des voies, à deux cents mètres derrière la gare. Même si des TGV étaient passés là, à la queue leu leu, ils n'auraient pas couvert le barouf qui sortait du hangar. Question musique, Gabriel en était un peu resté aux années soixante-dix mais les punks l'avaient toujours fasciné. L'énergie, le son, le manque total de compromission, et une approche scientifique des capacités auditives humaines. Et là, Phoque y allait franchement. Gabriel ne tenta pas à l'avance de parier sur les guitares. Strato ou Les Paul ?

En fait, c'était une Telecaster qui faisait le plus de raffut. Le reste, c'étaient des sous-marques. Mais ça ronronnait bien. Bernard s'occupait de la sono, et c'était un peu sa faute si le marteau-pilon amplifié sortant des haut-parleurs parvenait à être perçu comme autre chose qu'un immense larsen. Gabriel avait même les poils des avant-bras qui se hérissaient et la gorge un peu bloquée, comme à chaque fois, dans les concerts, quand le groupe attaquait très fort le riff majeur.

Le morceau s'arrêta brutalement, sans prévenir et le guitariste, l'air furieux, balança sa gratte à terre. Bernard vint les rejoindre.

— C'est un peu mou, on n'arrive pas à s'y mettre... il dit à l'oreille de Gabriel qui attendit une bonne minute que les osselets, à l'intérieur de son crâne, arrêtent de lui malaxer la mastoïde.

— T'as cinq minutes ? Juste un renseignement.

— Y a pas marqué SNCF, émit finement le jeune homme en montrant son front.

— Tu sais ce que ça veut dire, SNCF ? Savoir nager comme Fernandel.

Bernard s'esclaffa et, du coup, suivit Cécile et Gabriel dehors. Il était agité de tics nerveux et marchait comme s'il voulait bouffer la ville de Dieppe, son port, les falaises et la centrale atomique à côté.

— Au Scalp, est-ce qu'il y aurait un type qui pourrait faire passer une information dans un journal, un gros, genre national, *Canard enchaîné*, ou *Libé*, ou un truc comme ça ?

— Ouais, répondit du tac au tac Bernard en détaillant Gabriel comme une diseuse de bonne aventure. Y a Momo. Son oncle est à *L'Evénement du Jeudi*.

— Et où c'est qu'on peut le trouver, le Momo ?

— Quelle heure il est ?

— Trois heures et demie.

— A partir de cinq heures, il prépare la pâte.

Bernard se marrait rien qu'à cette évocation.

— Il travaille à la pizza Tonino, près du pont. Il fait la pâte. Il a un CAP de mécanique auto et il fait la pizza ! Remarque, j'en ai bouffé une fois, c'est vrai qu'il pourrait y avoir des boulons de 12 dedans...

26

Gabriel passa le temps comme il put. Cécile était repartie en cours, elle ne voulait pas manquer ses deux heures de philo. Le prof est tellement merveilleux, toutes les filles en sont amoureuses, elle avait dit en matant Gabriel du coin de l'œil. Ils avaient rendez-vous au Balto vers dix-huit heures. Il partit s'acheter deux sandwiches qu'il avala cul sec et chercha des bières pour les punks, de la vraie mousse pour leur faire passer le goût de la Valstar. Il trouva, Dieppe était décidément une ville admirable, des Pope's 1880, une bonne marque de strong ale, qui fournit de la bière forte et capiteuse, très houblonnée et quand même moelleuse. Quand il leur apporta, il vit une certaine gêne. Phoque ne carburait qu'à la Pelforth. Mais comme c'était de la bière anglaise, la faute fut moindre. On lui pardonna. Quand ils la burent, ils lui tapèrent dans le dos.

Vers 17 heures, il entra chez Tonino. Une pizzeria comme on en voit partout sauf en Italie. Le patron aboya que c'était fermé et Gabriel qui n'avait plus le temps de faire des simagrées lui allongea un billet de deux cents balles pour avoir le droit de parler cinq minutes à son touilleur de pâte. L'autre lui proposa un verre de rosé de Provence bien frais que Gabriel déclina poliment. Le sandwich au thon ne passait pas bien, fallait pas en plus l'arroser avec cette saloperie.

Momo s'escrimait sur la farine comme un beau diable. Quand Gabriel voulut lui parler, il sentit le type à qui on ne la faisait pas et qui risquait de vous balancer la pâte à la figure sans prévenir. Mais quand il dit que c'étaient Bernard et Cécile qui l'envoyaient, il se calma et écouta patiemment son interlocuteur. Gabriel lui balança le tout sans prévenir. Enfin, l'essentiel. Et ce que lui dit Momo, qui continuait à malaxer et pétrir son ciment blanc, était comme du dégrippant sur un mécanisme un peu rouillé, comme du citron sur une Corona.

Effectivement, Bérénice, amenée aux réunions du Scalp par Frédéric, leur avait annoncé qu'elle aurait une information incroyable à leur donner, un truc qui les intéressait au plus haut point, avec toutes les preuves à l'appui. Et qu'elle voulait que Momo balance le tout à son tonton, à Paris, à son hebdo. Que la France sache. Elle leur demandait dix jours. Mais c'était sûr, elle balancerait l'info. Le dimanche, y avait une réunion pour préparer une manif anti-lois scélérates.

— Ouais, dit Gabriel. Et alors ?

— Et alors, ces deux grands cons, ils se sont flingués le samedi.

Et Momo gifla sa pâte très méchamment.

— Et ça ne t'a pas paru bizarre ?

Momo ne lui répondit pas. Il tapait simplement sur la pâte.

— Bizarre, j'sais pas. Horrible oui. Bérénice, on l'aimait bien. Et puis elle nous aurait été drôlement utile. Elle était chez l'ennemi, elle aurait pu nous donner des informations en béton.

— Sa famille.

— Bof. Ils sont trop serrés du cul pour voter Le Pen. Vulgaire. Ils émargent chez le Vicomte. C'est pareil. La mère de

Longueville, elle fait la pluie et le beau temps pour tout ce qui concerne ces putains de croisés anti-avortement sur la région.

— Y a eu un commando aujourd'hui à l'hôpital...

— Ah ! les chiens...

La pauvre pâte à pizza. Ça faisait mal. Une torture. Giflée. Fessée. Aplatie.

— C'est peut-être ça que Bérénice voulait nous dire, admit Momo.

— Je crois pas. Qu'est-ce qu'aurait pu faire ton oncle avec un scoop pareil ? Un scoop qui n'en est pas un... Elle a vraiment rien dit ?

— Non. Elle ne pouvait pas. C'était dangereux pour elle, elle disait. Mais, très vite, elle le pourrait, quand le danger serait passé. On n'a pas très bien compris. Mais c'étaient ses oignons. Et on avait confiance en Frédéric. Alors...

Il cracha de dépit dans la pâte. Jamais plus Gabriel n'irait dans une pizzeria.

— Chierie, vraiment, conclut Momo. Vous comprenez quelque chose, vous ?

— Oui, je crois, un peu.

— Vous ne voulez pas m'en dire un peu ?

— Pas pour l'instant. Bientôt. Sûrement.

— Et c'est reparti. Vous comptez vous suicider entre-temps ?

— Aucune chance, Momo. Aucune chance.

Le patron du resto s'était repointé.

— Tu vas être à la bourre, Maurice, faudrait peut-être bosser.

— Et qu'est-ce que je fais ? Je m'amuse ?

— J'ai contrôlé, intervint Gabriel. Il pétrit très bien.

Le patron haussa les épaules et repartit placer l'huile pimentée et les bouteilles ruisselantes de bougie rouge sur les tables à nappes roses.

27

— Bon. Résumons.

Cécile était du genre à résumer. Malgré les huîtres. Elle avait voulu aller en manger une deuxième fois. Une dernière fois, elle avait sans doute pensé. Dans ce resto assez classe donnant sur le front de mer, l'ambiance était moins rassurante que dans la vieille huîtrière de Pourville. Cécile faisait beaucoup d'efforts pour être gaie et positive.

— Vous ne voulez pas résumer ?

— Pas vraiment. Je ne peux pas. Je ne suis sûr de rien.

— Mais vous m'aviez dit que...

— Je ne t'ai rien dit. Et si jamais on te demande si je t'ai dit quelque chose, tu diras que non.

— On dirait ma mère. C'est sa phrase favorite : si on te le demande, tu diras que tu n'en sais rien. Elle précisait que c'était pendant la guerre qu'elle avait toujours entendu ça.

— A propos de ta mère, faudrait peut-être que je te ramène. Elle doit se faire du mouron.

— Je lui ai téléphoné. J'ai dix-huit ans. Je suis majeure. Elle le sait. C'est pas comme vous.

— Ecoute, Cécile...

— J'écoute.

Gabriel soupira. Ce n'était pas facile.

— O.K., je vais résumer. Un, je vais prendre une chambre d'hôtel. Ici, à Dieppe. Deux, cette nuit, je vais faire un petit tour à la campagne. Trois, ça dépendra de cette promenade. Quatre, je me barre sans doute demain. Voilà. C'est un résumé.

— C'est plutôt une contraction de texte. Vous vous êtes servi de moi. Je vous ai transbahuté. Je vous ai aidé. C'est un peu grâce à moi que vous y voyez plus clair. Et maintenant vous me jetez. Bravo. Vraiment. Heureusement que c'est vous qui avez payé à chaque fois. Je parle des huîtres.

Gabriel était fasciné. La beauté de cette fille était incroyable. Elle ne le savait pas. Elle devait au contraire ne pas se trouver assez jolie. Elle n'avait pas l'âge de trouver que la sérénité, la transparence, la grâce étaient des atouts inappréciables.

— Je veux simplement te protéger, Cécile. Qu'il ne t'arrive rien. On a pu te voir avec moi. Si ça tourne mal, tu pourrais avoir de sérieuses emmerdes.

— Ma mère dit que si on est torturé, il vaut mieux avoir des choses à dire.

— Arrête avec ces conneries ! Tu ne sauras rien.

— Moi, j'aimais Frédéric. Merde, j'ai bien le droit de savoir !

— Si tu aimes toujours Frédéric, fais-moi confiance. Si je n'étais pas venu ici, ton Frédéric il n'aurait eu droit qu'aux visites de cimetière. Et peut-être une chanson des autres de Phoque.

— T'es un salaud.

Elle s'était mise à pleurer silencieusement. Ça, Gabriel avait du mal à le supporter. Il n'avait jamais pleuré, lui, sans doute parce que la disparition de ses parents lui avait ôté les larmes à jamais. Mais il ne supportait pas cette activité lacrymogène chez les autres. C'était comme ça. Chacun a ses limites.

— Mais t'es bien le seul à jamais n'avoir dit ou pensé que je m'étais un peu trop vite consolée de Frédéric avec Bernard. Alors je t'aime bien quand même.

Et elle lui sourit, comme de derrière un rideau de pluie.

— Viens. On s'en va.

Elle sécha ses larmes avec la serviette de table. Et Gabriel s'aperçut qu'elle avait tellement tordu une petite cuillère en argent qu'il crut d'abord qu'elle y avait fait un nœud.

28

Il laissa ses affaires dans sa chambre. Papiers et tout ce qui pourrait donner des renseignements, même faux, à quelqu'un. Il cacha tout ce qui pouvait lui attirer des ennuis derrière la colonne du lavabo et ne laissa qu'une carte d'identité au nom de Jérôme Le Prieur. Il n'emporta que le Beretta et un chargeur de rechange. Cécile était restée en bas, près du desk, et l'attendait, renfrognée. Elle ne lui avait pas dit un mot depuis qu'ils étaient sortis du restaurant. Gabriel préférait ça. Il ne voulait pas se cogner, en plus, l'hystérie montante de cette gamine qui se faisait des idées sur tout.

Ils reprirent la Twingo et Gabriel se proposa de ramener la jeune fille à Pourville. Elle refusa et lui demanda de la ramener dans le centre-ville, près du port intérieur. Elle irait dormir chez Bernard. Curieusement, Gabriel fut, sur le coup, un peu jaloux, pourtant il se méfiait des jeunettes comme de la peste, et le syndrome des mecs de quarante ans, il avait encore cinq années pour se poser la question. Il essaya de l'imaginer blottie contre le corps glabre du punk effréné, mais il abandonna cette idée. Ce n'étaient pas des images à mettre dans la tête d'un chasseur. Il avait besoin de concentration.

Avant de descendre de la voiture, les yeux pleins de larmes, elle l'embrassa sur la joue.

— Vous m'aimez bien, quand même ?

— Je t'aime plus que bien, Cécile. Je me souviendrai longtemps de toi. Et je te remercie.

— Vous ne voulez toujours pas me dire qui vous êtes ?

— Je te l'ai dit. Je suis le Poulpe.

— Le Poulpe. Tu parles d'une connerie. Un poulpe, c'est gluant et visqueux.

— Ouais. Mais quand ça se colle sur quelque chose, ça ne lâche pas.

Elle le regarda une dernière fois, tenta d'esquisser un sourire, descendit de voiture et claqua la portière. Gabriel démarra.

Quand il arriva au hameau du Hamelet, tout était noir et sombre dans la vallée de la Scie. La Scie. La rivière se nommait comme cela. Une image de plus. Sans parler du bled. Malgré le nom, ça ne ressemblait pas du tout au décor d'une pièce de Shakespeare.

Il gara son crapaud à couvert, sous les arbres, et marcha sur une centaine de mètres, le plus silencieusement possible. Un chien aboya, un peu plus loin. Ces saletés de clebs, ce n'était pas comme les appareillages électroniques, ça ne tombait jamais en panne. Il attendit une bonne dizaine de minutes pour totalement habituer ses yeux à l'obscurité et étudier les environs. Deux voitures passèrent, c'est tout. Le clébard aboyait toujours par intermittence.

La maison couverte de lierre était au bord de la route, et seul un minuscule jardinet la séparait du trottoir. Le jardin devait être derrière. Un étroit chemin partait sur la droite et longeait la baraque. Gabriel n'y voyait pas grand-chose et, seule, une qualité de sombre moins obscur lui montrait le passage. Il entra facilement dans un petit champ clos par une simple haie de cassissiers, il les reconnut à leur odeur épicée. Il y avait deux fenêtres allumées, sur la façade devant lui. Au rez-de-chaussée. Gabriel s'approcha et s'empara d'une binette posée contre le mur. Il regarda à travers les carreaux. Le torero était assis à une table, seul, en train de manger, une radio portable à côté de lui. Une bouteille de pinard aussi rouge qu'une révolution ratée. Il entendait vaguement de la musique en sourdine, mais aussi des voix. Ça, c'était pas bon. Plus de deux personnes et l'exercice devenait périlleux. Il passa à l'autre fenêtre et vit une télévision allumée avec un canapé vide devant. C'est en regardant fixement l'écran et en dressant l'oreille qu'il fut sûr que les voix entendues étaient bien celles qui sortaient de la bouche d'ahuris en plein débat, sur l'écran. Le torero avait l'air d'être seul. Peut-être quelqu'un à l'étage.

Gabriel sortit son pistolet et prit la binette. La porte n'était pas verrouillée et s'ouvrit facilement. Dès qu'il entra, Gabriel fut étonné par la cacophonie régnant dans la maison. La radio et la télé étaient à fond. Devant lui, un escalier montait à l'étage. Un escalier en bois. Il posa la binette contre la rampe et gravit les marches, une à une, croyant les entendre craquer à chaque fois, comme dans un film à la hitcheucoque. Au premier, trois portes. Gabriel les ouvrit une à une. Deux chambres et une salle de bains. Et personne. Le torero était seul dans l'arène, et, pour une fois, le taureau allait lui balancer du mythe et de la cérémonie en plein dans la gueule.

Gabriel redescendit les marches. A gauche, un débat politique. A droite, du jazz. Pareil. Il prit la binette et avança vers le jazz. Le torero était toujours en train de manger, légèrement courbé au-dessus de la petite table. Gabriel vit deux fusils, à gauche, posés contre le mur. Dont un fusil d'assaut, genre M16. La preuve que cette histoire avait grimpé elle aussi d'un étage. Le sentiment, c'était fini.

Gabriel prit à deux mains la binette et la planta, de plein fouet, dans le haut du dos du torero. Celui-ci partit vers l'avant, renversant la table et se mettant à hurler comme un porc. Gabriel se mit face à lui et leva encore la binette au-dessus de la tête. Le torero hurla, tentant de ramper en arrière. Non seulement il venait de se prendre une banderille dans l'épaule, mais en plus, c'est un revenant qui la lui avait plantée. La nuit, sa blessure, la musique abstraite qui passait à la radio et la vision d'un fantôme devant lui, un instrument terrible au-dessus de sa tête, l'empêchaient, dans les quelques secondes où il aurait dû avoir une réaction, de faire la part des choses. Il continuait à couiner, comme s'il était à la porte de l'Enfer. Gabriel lui assena un autre violent coup de binette sur le dessus de la jambe. Le torero était à présent adossé au mur, les yeux immensément écarquillés. Gabriel planta la binette dans le bois du parquet, sortit son pistolet et le planta sous l'œil du torero, en plein dans le creux, faisant gonfler le globe oculaire.

— Où il est l'autre ?

— Il est à la propriété. La réunion va durer tard.

— Ils sont combien là-haut ?

— Une dizaine... Plus les gens de la maison...

— Je vais te dire une chose, hurla Gabriel. T'es mort. T'es mort si tu restes une seule minute de plus dans la région. Tu vas sortir d'ici, tu vas courir, tu te démerdes, tu changes de bled, de région, de pays. Tu veux que je te dise ? T'as toute une armée avec des rasoirs à tes trousses à partir de maintenant.

Gabriel mit son pouce sur sa gorge.

— Le rouge-gorge, t'as compris ?

Les yeux du type s'étaient encore agrandis.

— Allez bouge !

Gabriel, sans attendre que le type se fasse une raison, ou bien dresse des plans, comptant plus sur le traumatisme qu'autre chose, l'aida violemment à se relever, à coups de pied, puis le poussa dans le couloir. Quand il le prit par le col, il vit que le haut de l'épaule du torero était en sang. Mais ce n'était pas le moment d'avoir des vapeurs. Il le poussa dehors, à coups de pied, le projeta dans la rue et, lui pressant toujours le canon du Beretta sur la nuque, le poussa à courir, dans le noir toujours plus noir.

— Allez ! Plus vite ! Cours ! Vite ! Allez, on fonce ! On disparaît !

Et Gabriel s'arrêta, regardant le type courir et vite disparaître dans la nuit.

Sans se demander dans combien de temps le torero allait s'arrêter et se dire qu'est-ce que c'est que ce bordel tu vas voir, moi je vais lui faire sauter la tête à ce viandu, il courut en sens inverse vers la maison, récupéra le fusil-mitrailleur, vérifia le chargeur et ressortit à toute vitesse, cavalant vers la Twingo. Il démarra aussitôt, reprit la route vers Varengeville. Tout juste après le hameau, il vit, dans la lumière des phares, la silhouette du torero titubante, une main sur l'épaule, tituber sur le beau milieu de la route. Il se mit à klaxonner, lui fonça dessus. Au dernier moment, le torero sauta dans le bas-fossé. Théoriquement, il allait y rester un bon moment, méditant gravement sur ce qu'il devrait faire.

Gabriel fonça, réincarnant Ayrton Senna sur trois kilomètres et les petites routes de Haute-Normandie. Il déboula par l'arrière de la propriété. Sautant de la Twingo, le F.-M. à la main, il shoota dans la porte de la maison du gardien, entra dans le couloir et grimpa à pieds joints sur le pieu. Esposito, dans un magnifique pyjama rayé d'avant-guerre, fit un looping digne du cirque de Pékin.

— Allez, Espo, debout, ça va cogner !

— Mais bordel, c'est pas vrai ! C'est un cauchemar !

Gabriel ne répondit pas, mais ouvrit la fenêtre.

Plus loin, derrière les masses sombres du parc bien ordonné, la maison des de Baily de Longueville. Tout le rez-de-chaussée était illuminé, on voyait même des lustres, et la lumière parcheminée éclairait les carrosseries des bagnoles de luxe garées derrière la baraque, comme cachées, honteuses.

— Tu vas voir, Espo, on va se marrer !

— Qu'est-ce que tu fous ?

— Prends tes affaires et casse-toi, c'est un conseil, ça va saigner...

— Mais qu'est-ce que tu fous ?

Gabriel avait appuyé le F.-M. sur le rebord de fenêtre et armé la culasse d'un coup sec.

— Ils m'ont énervé.

Et puis il s'est mis à tirer. Il n'y avait pas de balles traçantes, mais Esposito, sans voix, voyait les impacts sur les bagnoles, les gerbes d'étincelles quand les projectiles ricochaient. Par-dessus le crépitement de l'arme, on entendit les pare-brise exploser, les tôles claquer.

Et puis une BMW explosa.

Gabriel jeta son fusil-mitrailleur vide et brûlant.

— Aaah, la vache ! dit finement Esposito.

— Tu ferais mieux de tracer, il va y avoir bientôt du monde dans ta chambrette.

— T'es vraiment une ordure... admit Esposito qui s'habillait à toute vitesse.

Gabriel sortit dans le parc, traversant les spirées et se planquant dans les massifs. Il comptait sur plusieurs choses. La surprise et la panique. Un truc pas vraiment prévu par ces « congressistes ». Ils venaient là, dans ce petit village chic et tranquille pour comploter à l'aise, et pas pour qu'on les allume au M16 ou à la kalachnikov. En plus, ils ne pouvaient pas appeler les flics s'ils avaient vraiment, comme le soupçonnait Gabriel, quelque chose à se reprocher. En même temps, des explosions et des tirs d'armes automatiques n'allaient pas passer inaperçus dans ce genre de paysage mondain. Une âme bien intentionnée allait appeler les autorités en hurlant que c'était la guerre dans les rhodos. Donc, rigolait intérieurement Gabriel, le salut est dans la fuite.

Il suffisait d'attendre et d'être patient.

Agenouillé sous un immense bosquet de seringas, il assista au ballet. Du Bolchoï pur jus, et sans les tutus. Les lumières s'étaient d'abord éteintes, et puis il avait vu des ombres foncer vers la maison du gardien. Et puis des pièces s'éclairèrent comme timidement quand les hommes de main ne trouvèrent pas Esposito. Il entendit des mots étouffés, des conciliabules et puis des paroles plus fortes quand ils trouvèrent le fusil-mitrailleur. Et quand ils crurent reconnaître celui du torero, ils haussèrent la voix, les injonctions devinrent plus précises, les ombres se dessinèrent. Des portières claquèrent. Gabriel entendit des éclats de voix, comme des engueulades. Des silhouettes s'agitaient autour des véhicules, évaluant les dégâts. Gabriel suivait tout cela d'un œil perçant, cherchant à repérer l'homme roux, celui au blouson vert. Mais c'était pratiquement impossible.

Quand il fut certain que la plupart des convives avaient décidé de se barrer, apparemment, M. et Mme de Longueville avaient même ouvert le garage et mis leurs propres voitures à disposition, Gabriel s'en alla discrètement et repartit comme il était venu, prenant en sens inverse la route qu'il venait de faire une bonne heure auparavant. L'homme roux allait sans doute revenir voir ce qui avait bien pu arriver à son pote, ou bien ce qui lui était passé par la tête. Alors, on verrait ce qu'on verrait.

29

Gabriel ne repéra aucune trace du torero et abandonna la Twingo à peu près au même endroit que la première fois. Il s'avança le plus discrètement possible de la maison recouverte de lierre, fit un rapide tour de chauffe, les deux pièces du rez-de-chaussée étaient toujours violemment éclairées, la télé fonctionnait à plein tube, mais, de loin, il ne vit pas de quel feuilleton il pouvait s'agir, s'assit dans l'herbe déjà mouillée par la nuit et attendit.

Une bonne heure. Aucune ombre n'était venue se profiler devant les fenêtres. La télé ronronnait toujours. Personne ne viendrait plus. Les Longueville avaient sans doute décidé de garder près d'eux un homme de main, en cas. On leur avait tiré dessus, ils devaient quand même paniquer un tantinet. Gabriel était déçu, il avait compté sur la trouille pour avoir un entretien impromptu, en pleine nuit, comme ça, avec Yvonne ou son mari. Un entretien sur Bérénice et Frédéric. Mais il avait quand même fait l'essentiel du boulot. Foutre un bordel noir. Ce genre de sauterie nocturne laisserait des traces dans les parages. La vie allait devenir difficile pour les de Baily de Longueville. On allait peut-être se plonger dans l'étude plus approfondie de leurs drôles d'activités. Et tenter de savoir qui étaient tous ces Flamands, ces Anglais et ces Espagnols qui venaient souvent à la propriété. Sûrement pas des groupes folkloriques.

Gabriel était épuisé. Une journée pareille, il ne l'aurait pas souhaitée même à Gérard. Les calmants et les amphétamines ne faisaient presque plus d'effet et il sentait toute la douleur du monde lui remonter dessus. Il avait froid et sa respiration devenait sifflante.

Alors il décida de rentrer et de dormir, enfin. Demain serait un autre jour.

30

Il fit la route vers Dieppe comme dans un mauvais rêve. Il n'y voyait plus très bien, comme si une bruine opaque était tombée sur la ville profondément endormie. Il était au moins deux heures du matin. Il n'y avait plus un chat dehors, même crevé.

Sa seule pensée était blanche, c'étaient des draps frais et lisses, un lit bien plat et dur, et le bruit de la mer, tout près.

Il gara la voiture suffisamment loin de l'hôtel, même dans son extrême fatigue, les précautions élémentaires agissaient comme des réflexes, longea à pied des façades endormies et aveugles. Il étudia deux ou trois minutes les alentours de l'hôtel. Il fit alors le code d'entrée, longea le desk et ne trouva pas la clef de sa chambre.

Soucieux, il ne prit pas l'ascenseur et grimpa les trois étages sans faire plus de bruit qu'une libellule se posant sur une moquette de soie. Il resta un long moment dans le couloir où donnait sa chambre. Puis il glissa jusqu'à la porte, son pistolet à la main. Le silence était total. Sur la poignée, il y avait l'affichette priant de ne pas déranger. Un tueur était là, à l'attendre. Mais un tueur maladroit, semant indices sur indices, comme s'il voulait prévenir Gabriel de sa présence. Rien ne collait. Ou bien ces types étaient des pervers, ou bien c'étaient des amateurs.

Alors, comme il n'en pouvait plus, comme il aurait pu s'endormir, là, dans le couloir à même le tapis, Gabriel ouvrit la porte à toute volée et sauta dans la chambre, le Beretta en avant, prêt à cracher.

Cécile était dans le lit et se retournait dans son sommeil. Il vit son dos nu et pâle et ses deux fesses, petites comme des oranges. La cerise sur le gâteau. Un malheur n'arrive jamais seul. Vaut mieux prévenir que guérir. Un tiens vaut mieux que deux tu l'auras dans l'os.

Au lieu de réviser ses proverbes, Gabriel enleva sa veste, s'approcha de la jeune fille, la huma, son sommeil sentait bon.

Il haussa les épaules et se déshabilla, chercha une couverture et un oreiller dans un placard, s'allongea sur la moquette et s'endormit immédiatement.

En pleine nuit, ça devait être même presque le petit matin, une lueur bleu sombre venant de la mer éclairait à peine les peaux, la jeune fille le réveilla d'une curieuse façon. Elle s'assit sur lui.

Gabriel, allongé sur le dos, ouvrit les yeux, et découvrit, au-dessus de lui la jeune fille qui avait revêtu une sorte de tee-shirt XXL. Mais il sentit qu'elle était nue, à part ça. Elle le regardait et ses yeux ne perçaient qu'à peine la pénombre.

— C'est pourtant simple, chuchota-t-elle. Si vous ne voulez pas, vous ne voulez pas. Je m'incline. Mais si vous voulez, vous n'aurez même pas à le dire... Je le sentirai.

Bien évidemment, ces simples mots émurent Gabriel au plus haut point. Elle ne bougeait pas, comptant sur son poids. D'un mouvement gracieux, elle enleva son tee-shirt et il devina ses deux petits seins ronds et pointus à la fois. Dans sa tête, il faisait tout pour ne pas se relâcher, mais va essayer de penser à la Bosnie, à un civil tchétchène coincé sous une chenille de char quand on a sur soi, nudité contre nudité, poil contre poil, chair contre chair, une jeune fille merveilleuse, dont le jour, de plus en plus naissant, éclairait les taches de rousseur. Et cet éparpillement de petites étoiles, ce sable collé naturellement à la peau, Cécile en avait partout, jusque sous le bout de la poitrine. Gabriel pensa, ça le perdit, à un vieux film, *Performance,* où une jeune actrice en avait autant, de ces petites taches charnelles, de cette possibilité que la femme puisse être un félin, de toute cette panthérité. Et le sang afflua en masse dans le promontoire coincé sous la petite falaise blanche. Et la falaise le sut, et elle se mit à rire clairement, d'un petit rire cristallin tellement diaphane, tellement sans arrière-pensée, que c'en était un plaisir et que ça y était, le plaisir était en bonne voie.

Et dans les étreintes qui suivirent, même si Gabriel avait voulu être d'une douceur quasi paternelle, Cécile lui montra qu'elle n'était pas sa fille et qu'elle n'avait aucun respect pour ce père-là. Ce qu'ils firent, c'était terrible et simple à la fois. Simple parce que ce n'était pas le moment d'inventer quoi que ce soit, terrible parce que l'émotion n'avait plus de nom. Gabriel pensa un moment, sans tristesse aucune, à Cheryl dont il connaissait parfaitement le corps et l'âme et avec qui il était censé découvrir de nouvelles façons de voyager. Mais là, il y avait une disproportion incroyable entre le petit corps nerveux et volontaire de Cécile et le sien, grand, lourd, soudain gauche. Et les caresses qu'il lui donna, elles lui parurent d'abord mesquines et puis elles perdirent leur nom. Et, pour elle, ce fut pareil, d'abord elle n'osa pas trop, de peur sans doute de l'inconnu qui mettait le feu à son âme, et ensuite elle s'oublia. Elle lui mit un préservatif comme une grande dame.

Pleine de lui, elle se mit à rayonner, parvint à fixer ses yeux à ses yeux, et les milliers de petites taches de rousseur se mirent à luire dans la pénombre.

Cécile, après, tenta de lui demander ce qu'il avait fait avant d'arriver dans la chambre. Et Gabriel lui dit qu'il avait passé toute la nuit là, avec elle, et que s'il le fallait, il faudrait qu'elle le dise. Elle lui demanda s'il avait tué quelqu'un. Il lui répondit que non, que ça avait été moins deux, mais qu'il avait seulement dérangé la fourmilière. Elle l'embrassa à nouveau, aguerrie, riant de toutes ses dents, tentant de l'étouffer de ses baisers de petite femme en furie. Ils se remirent à se mélanger et dès que les choses devinrent à nouveau graves, Cécile abandonna ses énervements de jeune fille pour se laisser aller à la langueur.

Plus tard, ils se reparlèrent dans la clarté revenue baigner la chambre. Pour ne pas mentir, Gabriel la prévint qu'il allait partir. Qu'il avait fait ce qu'il avait à faire, et que, maintenant, le reste ne ferait pas revenir Bérénice et Frédéric.

— Tu es sûr qu'ils se sont pas suicidés ?

— Pratiquement.

— Qui les a attachés sous le train ?

— Je ne sais pas. Un homme de main quelconque. Un tueur aux ordres. Qui est sans doute maintenant à l'étranger...

— Quelqu'un d'embauché par ses parents ?
— Je ne sais pas. Ça paraît quand même dément. Une mère catho intégriste ne peut pas envoyer sa fille à la casserole comme ça...
— Ben... Faut aller lui demander...
— C'est pas si simple, petite fille.
Elle l'embrassa à nouveau, longtemps, puis se blottit contre lui, tenant son sexe dans ses petites mains nerveuses.
— Je veux bien dire que t'étais là avec moi, toute la nuit. Mais, en contrepartie, on va aller là-haut. Et on va tenter de voir la mère de Longueville. Il n'arrivera rien. Je serai témoin de tout.
— Tu me protégeras ? murmura Gabriel en riant.
— Oui.
— Tu me couvriras ?
— Oui.
— Eh ben, vas-y, entraîne-toi.

31

Ils arrivèrent à Varengeville, vers 9 heures du matin. Gabriel avait passé pratiquement une nuit blanche. Rose plutôt. Il était fatigué et regardait avec appréhension cette jeune fille à côté de lui qui lui prenait de temps en temps la main et la serrait convulsivement.
— Je te tiens et je te tiens fort, elle lui avait dit. Mais je ne te retiendrai pas. Je ne suis pas conne, quand même, n'aie pas peur.
— J'ai pas peur de toi, Cécile.
— Alors tu t'appelles comment ?
— Jérôme, Jérôme Le Prieur.
Ils garèrent la Twingo près d'un carrefour fleuri. Valait mieux ne pas trop se faire remarquer. Gabriel se doutait qu'après le gymkhana de la nuit la maison des de Longueville serait sens dessus dessous et que le fameux calme de la bourgade en aurait pris un sérieux coup derrière le syndicat d'initiative.
En effet, quand ils débouchèrent sur la route menant à la propriété, ils virent un paquet de véhicules bleus, d'un bleu qui n'était pas vraiment celui de la mer, mais de ce bleu un peu profond qui sent la cavalerie, l'armée et les gendarmes. Les voisins avaient dû se plaindre, témoigner et affirmer que des bagnoles qui explosent en pleine nuit, que des tirs de mitrailleuse et que des allées et venues intempestives à 3 heures du mat' ne devaient ni être des fins de parties de bridge, ni la terminaison

obligatoire d'une fête de famille, genre communion ou anniversaire du pépé.

Ils s'approchèrent, se tenant toujours par la main. Il y avait des badauds en Lacoste venus assister au ballet troublant la tranquillité mythique du village, mais pas beaucoup, c'est vilain de regarder la dame. Quelques voitures banales étaient garées pas loin du portail et Gabriel remarqua, sur le pare-brise arrière de l'une d'elles un autocollant des *Informations dieppoises*, la feuille de chou locale. Il lâcha la main de Cécile.

— Ce n'est pas le moment de te retrouver en photo dans le canard, à la page « Que font nos princesses ? »...

— Je m'en fous, elle rigola, de ce rire un peu plus clair que d'habitude, je n'ai rien à cacher, notre amour peut éclater au grand jour !

— Déconne pas, Cécile. J'ai pas envie d'avoir tous les punks de Dieppe à mes basques...

Les voitures de gendarmerie démarraient les unes après les autres.

Le portail de la propriété était grand ouvert.

Gabriel voyait de l'animation sur le perron. Il aperçut même Esposito qui baladait sa carcasse avec un entrain admirable, comme s'il transbahutait des enclumes, mais ne remarqua personne qui ressemblait aux visiteurs de la veille, il vit même des enfants, assez grands, des sœurs et frères de Bérénice sans doute. Il aperçut, du côté du jardin, Mme de Longueville en grande conversation avec un gradé et deux types en civil. Des types des RG, à tous les coups. Gabriel avait un don incroyable pour les repérer, ces espions improbables, ça lui avait permis de durer jusque-là. Un rien, un regard, une façon de trop en faire, une question qui va un peu trop loin, un côté un peu collant, ou alors le côté provoc à côté de la plaque, tout ça réuni, sentait l'infiltré moyen. Là, c'était plutôt quelque chose dans les fringues, comme si ces types ne portaient jamais des habits qui leur convenaient.

La mère de Longueville avait l'air énervée et distante, genre on ne me la fait pas, et vous allez voir ce que vous allez voir, mon mari a des relations. Mais, de loin, on la sentait quand même inquiète et les gendarmes avaient une position un peu moins respectueuse que d'habitude avec ces gens-là.

Gabriel et Cécile regardèrent un moment ce curieux ballet, mais c'était la fin du spectacle. Ils ne purent rien repérer de nouveau, rien qui puisse leur donner une indication, sinon que M. de Longueville passait toujours à l'as. Où était-il, ce gugusse ? Il laissait sa femme se démerder. Une honte, pour un couple tant uni.

Et puis, normal, ils se sont fait repérer. Un homme, marchant à grands pas, s'est précipité vers eux. Pendant un court instant, Gabriel chercha à se barrer mais il reconnut le rédacteur en chef de *La Vigie*, le journal local, celui qu'il avait interrogé, celui à qui il avait piqué la copie de la lettre d'adieu des deux jeunes suicidaires. Il venait sans doute lui demander des comptes et avec toute la flicaille dans les parages, pas question de lui en mettre un et de se tailler à toute blinde.

Mais non, le type souriait de toutes ses dents. Il regarda Cécile, se demandant un instant qu'est-ce qu'il pourrait tirer de cette curieuse association entre le CNRS et la jeune fleur lycéenne...

— Aaah, monsieur Waxman !

— Wajman... Jérôme Wajman. Je vous présente Cécile, une amie de Bérénice...

Cécile regarda Gabriel, hésita entre le fou rire et les sanglots, choisit d'éteindre complètement son visage et de faire trois pas de côté.

Le type était réellement excité, tout ce bordel, dans son rayon d'action. Enfin du saignant. Du réel. De l'international.

— Bien sûr, ça ne vous intéresse, pas, ce n'est pas vraiment de votre ressort, mais c'est incroyable, tout à coup, tout ce qu'il se passe...

— Mais qu'est-ce qu'il se passe ?

— Ah c'est incroyable. Hier, il y a eu un commando anti-IVG à l'hôpital. Mme de Longueville est plus ou moins impliquée. Plusieurs membres des croisés font partie des nombreuses associations qu'elle dirige. Des plaintes ont été déposées. Ça va cartonner. Et puis cette nuit, il s'est passé des trucs bizarres, coups de feu, explosion, tohu-bohu. Des voisins ont immédiatement prévenu les autorités. Des protestants, sans doute, trop contents...

— Pourquoi vous dites ça ?

— Ah vous savez, à Varengeville, il y a des luttes intestines. Les de Baily de Longueville sont des catholiques assez intégristes. Et ici, il y a une HSP assez puissante. L'édit de Nantes n'est pas vraiment passé, sur les falaises...

— C'est passionnant, la vie de province. On n'a pas ça, nous, à Paris.

Du coin de l'œil, Gabriel vit Cécile se retourner pour étouffer sans doute un fou rire.

— Les gendarmes ne disent pas grand-chose, ou alors ils balancent des infos au compte-gouttes. Comme je les connais bien, j'ai pu savoir qu'il y a enquête, que des types ont été bloqués sur la route, des étrangers, genre partis d'extrême droite. Monsieur de Longueville est en ce moment entendu à ce propos. Il paraît qu'il y aurait eu une réunion du genre, comment on dit, factieux.

— C'est incroyable...

— Ouais, des Flamands du Vlaam je ne sais pas quoi, et des Angliches aussi... Mais je vous dis ça, mais personne ne sait vraiment...

— Vous avez parlé de coups de feu, intervint Cécile. Mais alors qui a tiré sur qui ?

— Aaah ! ça, je ne sais pas, répondit le journaliste. On ne sait pas. Personne ne sait. Tout ce qu'on sait, c'est qu'il y a des impacts de balles de gros calibre partout derrière la maison. Je les ai vus, alors...

Cécile se mit à regarder intensément Gabriel comme s'il lui apparaissait tout à coup sous un genre nouveau, avec une autre casquette, comme si elle se rendait compte qu'elle avait baisé avec un mec du genre de Terminator.

— Bon, c'est pas tout ça, marmonna le rédacteur, mais faut que j'y aille, que j'écrive un article qui rassure et inquiète, qui cache et qui révèle, qui amuse et qui obsède, tout ça en même temps, tu parles d'un foutoir.

— Bon courage.

— Oui, oh ! évidemment, vous au CNRS... Des fonctionnaires, bien sûr, des chercheurs, des savants salariés...

Et le type partit vers sa voiture en maugréant.

Cécile détaillait Gabriel en pouffant.

— Le CNRS, maintenant...

— Ouais, bon...

— Wajman Le Prieur, ça c'est un nom...

Mais Gabriel ne lui répondit pas. Tétanisé, il regardait, par le portail des Longueville grand ouvert, l'allée bordée de buis et de spirées qui menait à la grande maison de brique rose. Et sur le gravier pâle, il y avait une femme en tailleur gris qui avançait comme dans un rêve. Le visage tourné vers lui.

— Va m'attendre à la bagnole, dit Gabriel entre ses dents.

— Plutôt crever.

— Cécile, va m'attendre à la bagnole ou je te cogne la gueule.

Le ton, brusquement changé, sa froideur, son style coup de fouet, avec la syllabe qui claque, impressionnèrent la jeune fille qui partit à reculons en voyant Mme de Longueville s'arrêter sur le devant de son portail, fixant avec appréhension Gabriel qui faisait son matois de l'autre côté de la rue.

Ils s'observèrent longtemps, comme ça, presque une minute.

Comme s'ils s'étaient reconnus. Et que tout devait passer par cette rencontre. C'est Gabriel qui se décida à briser cette glace qui pouvait se transformer en miroir. Il traversa la rue. Le visage de Mme Yvonne de Baily de Longueville était blanc, crayeux. Ses yeux ressortaient d'autant plus, sous le front solaire. Mais le regard était toujours dur et déterminé.

— Je ne sais pas, monsieur Le Prieur, quelle est votre part dans toute cette magouille destinée à nous abattre nous et notre famille.

— Ma part ?

— Ecoutez, vous venez l'autre jour m'insulter dans ma propre maison. Ensuite, je sais, et veuillez, s'il vous plaît, ne pas me contredire, que vous étiez à l'hôpital lors de l'intervention des combattants pour la vie. Cela fait beaucoup. Beaucoup trop. Que voulez-vous, monsieur je ne sais même plus qui ?

— Je veux savoir qui a suicidé votre fille Bérénice et son ami Frédéric.

— Mais en quel honneur? Et puis vous êtes fou... Fou de croire que quelqu'un ait pu faire quelque chose d'aussi monstrueux.

— Oui. Fou de penser que c'est quelqu'un que vous connaissez et qui vous connaît.

— Vous êtes malade.

— Votre fille était enceinte.

— Vous croyez qu'une mère ne le savait pas ?

— Mais elle voulait avorter et ça, ce n'était pas vraiment votre truc...

— Vous avez raison. J'ai tout fait pour qu'elle n'avorte pas et qu'elle amène à notre famille un autre enfant, qui aurait été aussi bien accueilli que les autres...

— La façon dont vous dites ça, c'est une horreur. Aussi bien accueilli...

— N'importe comment, la question ne se pose pas. Je n'ai pas réussi à la convaincre, et je lui ai donné mon autorisation pour prendre rendez-vous à l'hôpital. Tout le monde peut vérifier.

Gabriel l'étudia longuement.

— Madame de Longueville. On a assassiné votre fille.

— Au revoir, monsieur le fouille-merde.

— Vous avez accordé votre autorisation à votre fille en organisant un commando à l'hôpital le même jour. Croyant ainsi empêcher un acte médical que vous refusez de toutes vos tripes, puisque vos sbires sont prêts à aller en taule pour ça...

— Vous êtes complètement idiot. Ma fille s'est suicidée une semaine avant.

— Alors écoutez-moi. Vous avez accordé votre autorisation à votre fille non pas par bonté d'âme mais parce qu'elle vous faisait un chantage. Si vous ne lui accordiez pas cette liberté légitime, elle vous a sans doute menacée de révéler à ses copains, des militants gauchistes, comme vous dites, que vous organisez des parties fines avec tout le gratin d'extrême droite européen dans votre propriété bien tranquille. Alors vous avez cédé, tout en espérant, dans votre petite tête de salope, qu'une opération commando comme celle de l'autre jour pouvait empêcher ce que vous considérez comme un crime.

Gabriel s'aperçut qu'elle cillait plus depuis un long moment.

— Après le suicide, impossible de remettre l'opération anti-IVG, vos troupes n'auraient pas compris, ils ne devaient même pas être au courant que votre propre fille serait du nombre des patientes. Jusque-là, il n'y a pas de problème et je sais que c'est vrai. Jusque-là, vous ne risquez pas grand-chose...

— C'est du délire.

— Pardon. C'est votre délire. Je continue. C'est là où je ne sais plus quelle est votre place, madame.

— Qu'est-ce que vous voulez dire ?

— Eh bien, Bérénice avait promis, malgré les termes de votre accord, de révéler quand même vos activités, une fois qu'elle aurait subi sa petite opération. Par vengeance familiale. Par haine de ce que vous pensez. Par haine de ce que vous vous prépariez sans doute à faire ou à construire. Je le sais par son informateur. Quelqu'un du Scalp...

Yvonne de Longueville était devenue plus blanche qu'un cadavre. Comme un cow-boy quand il entendait le simple nom de scalp. Elle avait tout à coup deviné ce que Gabriel ne savait pas complètement. Une grande partie de son monde s'écroulait autour d'elle.

— Quelqu'un l'a su. Quelqu'un faisant partie de ce joli monde que vous réunissez chez vous. A mon avis, il doit y avoir une balance au Scalp. Ou quelqu'un d'infiltré. Et on a donné l'ordre que Bérénice et Frédéric ne parlent pas.

— C'est impossible.

— Ce n'est sans doute pas vous... Mais vous devez peut-être savoir qui.

Gabriel la regarda blanchir encore plus. Elle devenait de la neige polie. Dans ses prunelles écarquillées, il crut voir des ombres passer. Elle s'était mise à pleurer sans bruit. Elle se tordait les mains. Elle avait perdu au moins cinq centimètres. Cette mère croyait jusqu'alors au suicide de sa fille, même s'il était incompréhensible, et venait de comprendre enfin qui avait pu donner l'ordre de la tuer. Et Gabriel savait que tous les deux pensaient à la même personne. Et cette chose était pour elle insupportable. Un père ne pouvait pas donner l'ordre de tuer sa propre fille...

— A mon avis, déclama Gabriel en enfonçant le clou, ça doit être facilement prouvable.

Elle pleura longtemps en regardant Gabriel dans les yeux. Elle savait. Gabriel s'en foutait un peu. Le malheur était fait, et l'entropie dans cette famille de merde était désormais à l'œuvre. Le désespoir inouï qu'il y avait sur le visage de cette grande bourgeoise était immense. Gabriel en fut stressé. Il n'aimait pas ça. Il ne savait pas trop comment s'en tirer.

— Deux cent mille francs. C'est tout ce que je peux faire.

Elle lui aurait crié Vive Bakounine qu'il n'aurait pas été plus étonné. Elle réagissait comme l'ordure qu'elle était. Ça voulait dire que tout devait rester dans la famille et jamais n'apparaître au grand jour. Ça voulait dire qu'elle organisait un futur pour Gabriel. Un futur qui sentait le suicide dans le dos. Et elle allait maintenant lui parler des conditions, pour lui remettre cette somme. Y aurait alors une armée de seconds couteaux pour le dépecer. Il fallait gagner du temps.

— Vingt plaques pour mon silence. J'ai donc raison.

— Deux cent mille, d'abord. Après, on verra. Faut me laisser le temps. J'ai encore des enfants qui ont besoin d'une mère.

— Vous connaissez l'Huîtrière ? A Pourville ?

— Oui.

— Ce soir à 19 heures. Je vous préviens, je ne serai pas seul. Pas d'embrouille.

— C'est d'accord.

Et sans un mot de plus, elle tourna ses talons plats et repartit vers la maison familiale. Gabriel courut vers la Twingo où l'attendait, renfrognée, Cécile.

— Bon, attaqua direct Gabriel, ça sent très mauvais. Je vais te raccompagner à Dieppe, tu vas passer toute la journée, toute la soirée et toute la nuit avec tes phoques. Tu ne bouges pas. Ta vie en dépend.

— Mais.

— Il n'y a pas de mais, Cécile, cette fois, c'est du sérieux, tu fermes ta petite gueule et tu obéis, ça te sauvera la vie !

Il avait dû trouver l'accent parce qu'elle le dévisagea, soudain paniquée.

32

Gabriel conduisit Cécile à Dieppe, au garage. Il conduisit comme un dingue, Cécile accrochée au tableau de bord. Avant de descendre de la voiture, elle le regarda, éplorée.

— C'est comme ça, la vie d'adulte, il lui dit.

— C'est vraiment de la merde, la vie d'adulte... Je peux quand même t'embrasser une dernière fois ? Et mords-moi la langue, qu'il me reste au moins quelque chose de toi. Too young to love.

— Too young to love me. Little Bob Story.

— Rock and Roll.

33

Gabriel fonça vers son hôtel en tentant de ne pas penser à la jeune fille. C'était comme un blues, un bien crade, avec le mec qui attend au bord de la route le camion qui n'arrive jamais. Et alors, y a toujours un aigrelet petit air d'accordéon qui pointe au loin. Il rangea ses affaires, nettoya toutes les empreintes possibles, paya sa note, reprit sa carte d'identité qu'il brûla sur la plage. Il s'allongea bien au milieu des galets, en plein dans la grève. Comme ça, il verrait les types arriver de loin. Deux précautions valaient mieux qu'une. Et ses agresseurs, il ne les connaissait pas. Ça serait des flics, peut-être, il ne mesurait pas vraiment la longueur du bras de M. de Longueville, ou alors des spadassins de location. Ceux-là, ça l'étonnerait s'ils déboulaient sur la plage en bermuda, tongs et la planche à voile sur l'épaule.

Il resta ainsi plusieurs heures. A se chauffer au soleil. A ressasser. A somnoler, un œil sur les allées et venues des plagistes, des rares touristes, des quelques promeneurs. Il se reposa, fit le vide en lui.

Vers 17 h 30, il alla boire une bière sur le port. Une blanche. Pour faire le tour, car il se souvenait qu'en cette ville il avait commencé par ça. Et puis il téléphona à Cheryl et laissa sur son répondeur les mamours d'usage et le code signifiant que tout allait bien. Il chercha ensuite un magasin chasse-pêche et acheta un fusil de chasse à double canon, et une boîte de cartouches de chevrotine gros grain.

Tranquillement, sûr à présent qu'il n'était pas suivi, il reprit sa voiture et prit la direction de Pourville. Là, il gara le crapaud dans la bonne direction, sans fermer les portières, passa la première et orienta les pneus pour un dégagement ultrarapide. Il coinça son Beretta sous sa veste, mit sa casquette, et entra dans l'Huîtrière. Il y avait quatre tables occupées. C'était bien. Les arrivants pourraient toujours supposer que c'étaient d'éventuels témoins.

Il prit une autre bière. Une Kro. En souvenir des phoques.

A 19 h 5, un type entra, une serviette en skaï à la main. Grand, mince, vêtu de sombre, avec le costard comme il avait dû en voir dans des amerloqueries à trois francs. Gabriel, assis à une table, dégagea le Beretta et le glissa sous la table, en équilibre sur son genou. Le type balaya la salle du regard et vint directement vers lui. Démarche souple. Trop souple. Pas le mec qui prépare un mauvais coup. Le danger viendrait sans doute d'ailleurs.

— Monsieur Le Prieur ?

— Déplacez-vous d'un mètre sur votre gauche, posez la valoche sur la table et mettez vos mains comme si vous alliez prier.

Le type s'exécuta rapidement quand Gabriel sortit le Beretta qu'il posa sur la table, dans l'angle mort, créé par la grande carcasse du sbire. D'une main, il ouvrit la mallette et vit les billets.

— Je fais confiance. Bons billets et le compte doit y être.

— Je ne sais pas, monsieur.

— Vous ne savez pas. C'est assez sage de votre part. Maintenant je vais me lever, vous allez vous asseoir, je vais vous commander une boisson. Un thé, tiens, oui, un thé. Vous le boirez patiemment et vous paierez les consommations. Vous repartirez dans dix minutes, à peu près.

— Bien, monsieur.

— Vous êtes stylé, vous. C'est un plaisir.

— Je suis payé pour l'être.

— Vous parlez trop. Faites gaffe.

Gabriel se leva. En passant devant le comptoir, il commanda un thé au lait pour le monsieur en noir assis à la table là-bas et qui paiera le tout.

Il sortit du bâtiment, jetant un œil de tous côtés. Des voitures. Rien qui attire particulièrement l'attention. Il courut en traversant la rue, sauta dans la Twingo et démarra comme dans les téléfilms.

Direction Petit-Abbeville, Arques-la-Bataille et Paris. Il fouilla d'une main dans la serviette, sortit des billets, les froissa, les huma, ils n'avaient pas l'air d'être faux. Ils avaient dû rabioter, ça l'étonnerait vraiment si les vingt plaques étaient là. Mais bon.

Il conduisit doucement, l'œil aux aguets, le regard souvent braqué sur les rétroviseurs. Il étudiait chaque voiture, chaque grosse caisse qui arrivait de loin, en trombe. Il crut revoir plusieurs fois la même CX grise qui apparaissait et disparaissait au hasard de la circulation, des ronds-points et bifurcations. Il repéra aussi une Honda rouge qu'il crut apercevoir plusieurs fois, mais ces deux voitures s'évanouissaient au moment où Gabriel se disait, ça y est, les voilà. Il se rendit compte quand même que ces petites alertes intervenaient tour à tour, régulièrement, et réalisa qu'il pourrait y avoir d'autres voitures de poursuivants. Ce n'était pas le moment de devenir parano. Comme il faisait encore jour et que la circulation en direction de Paris était relativement importante, il se dit que s'il était suivi, ses assaillants attendraient une route plus calme, une forêt, quelque chose comme ça. Ou bien on le pisterait jusqu'à Paris pour voir un peu où se situait sa base arrière. Et ça, pas question.

Il se mit à rouler doucement. Il ne dépassa pas le 70, se fit klaxonner et injurier par des mordus de la moyenne. Qu'ils crèvent.

Ça dura un bon moment. Il dépassa la curieuse ville de Forges-les-Eaux, avec son casino perdu en pleine campagne et ses rues immenses briquées, mortes, sinistres, une grosse ville animée, Gournay-en-Bray, dont c'était la première fois qu'il lisait le nom. Il revit plusieurs fois la CX et la Honda. Il était maintenant pratiquement sûr que, dans ces deux bagnoles, il y avait des gens pour lui, pensant à lui. En tout cas, il était prêt, le Beretta patientait sur le siège avant, coincé sous la mallette. Le fusil de chasse, chargé de deux cartouches de chevrotine gros calibre était à portée de main, entre les deux sièges.

Il prit la direction de Gisors, il y avait tout à coup moins de monde, beaucoup de véhicules ayant pris la tangente vers Beauvais. Une longue route sinueuse, dans la verdure d'une vallée de l'Oise. Une immense ferme château sur la gauche, des villages-rues assez morts, que font les gens qui habitent là ? Une voie de chemin de fer qui longeait la route, quelquefois d'assez près, d'autres fois sur un remblai, plus haut, et souvent sur l'autre flanc de la petite vallée.

Et Gabriel aperçut, cette fois à une centaine de mètres derrière lui, la Honda et la CX. Ce coup-ci, pas de lézard, la phase finale était engagée. Il baissa les deux vitres des portières avant, ralentit progressivement quand il vit que la route était dégagée devant et qu'il n'y avait presque plus de circulation, puis accéléra à fond, et ralentit à nouveau. Les autres voitures l'imitaient grosso modo, mais, à chaque fois qu'il réduisait sa vitesse, elles se rapprochaient de plus en plus. Il y avait deux hommes dans la CX et un seul conducteur dans la Honda. Fallait donc se débarrasser de la première assez vite. Il accéléra à nouveau, à fond, et dès que ses poursuivants, roulant à toute blinde eux aussi, se placèrent à une trentaine de mètres derrière, il pila en traversant la chaussée, se garant, sur le côté gauche, dans la montée d'un petit chemin goudronné. La CX passa en trombe, freinant elle aussi, à petite vitesse, sur le côté droit de la Twingo. Gabriel tira deux coups au fusil de chasse. L'avant de la CX fut constellé d'impacts, le pneu avant explosa, et la grosse voiture chassa, fonçant vers le fossé. Gabriel redémarra aussi sec, prenant l'étroit chemin en faisant rugir le moteur. Avant de passer sous un petit pont, il vit la Honda prendre la même direction, roues patinant sur le gravier. Il continua sur le raidillon environ une centaines de mètres, derrière lui, il ne voyait rien, la poussière s'élevait en volutes blanches et grises.

Tout était simple. En réalité rien ne se passait vraiment comme dans les films avec tir au pigeon et carambolage artistique. Il fallait simplement être très sûr de tout ce qu'on faisait. Dès que le chemin tourna sur la droite, abruptement, Gabriel freina à mort, prit son Beretta et sortit comme un diable de sa voiture. Protégé par la carrosserie, genoux pliés, son arme tenue à deux mains, comme on lui avait appris à l'armée, il n'attendit pas deux secondes pour voir, à travers la poussière, le mufle de la Honda. Mais un type qui tient un volant et qui freine en même temps est vulnérable. Gabriel tira trois fois à travers le pare-brise en direction du conducteur.

Celui-ci bougea un peu, puis le silence se fit.

On n'entendait que des claquements de tôle et des aboiements de chien, assez loin. Il n'y avait pas de maison dans les parages.

Il s'approcha de la voiture et vit, la tête renversée contre le dossier du siège, l'homme roux, il n'avait pas son blouson vert, mais une chemise rose qui se teintait du sang coulant de son cou.

Gabriel regarda autour de lui. Le chemin bordait un terrain en pente. C'est alors qu'il comprit qu'il longeait le remblai de la voie ferrée. Retour à la case départ. Il ouvrit la porte de la Honda, le type s'écroula par terre, un gros revolver à la main, un Magnum Manurhin. Il prit la clef de contact. Dans le coffre, il y avait quelques affaires insignifiantes mais aussi deux gros cadenas de moto. Gabriel frémit, certes, il n'en serait jamais sûr, mais ce type était sans doute celui qui s'était occupé de Bérénice et Frédéric. Il se pencha sur lui, le cœur ne battait plus.

Gabriel observa les environs en marmonnant. Toujours personne. L'Oise déserte et désertifiée. Il grimpa, en soufflant, en peinant à cause de sa hanche douloureuse, le corps du type sur la voie et le coucha en travers des rails. La ligne n'était pas électrifiée, il devait y avoir deux ou trois trains par jour. Ce n'était pas grave. On verrait bien dans le journal le lendemain.

Gérard en serait quitte pour un questionnement de type métaphysique.

Il descendit en vitesse du haut remblai, remonta dans la Twingo, et dévala le chemin. Deux cents mètres plus bas, il réintégrait la nationale au milieu d'un petit village endormi.

Il tremblait et mit une bonne demi-heure à se calmer. Quand il passa un bled du nom de Sérifontaine, il avait repris son taux normal d'adrénaline. Il s'arrêta pour vérifier le contenu de la sacoche. Du papier journal apparut vite sous les premiers billets. Il compta, il y en avait pour un peu moins de soixante mille francs. Une misère. Mais bon.

34

Trois jours plus tard, Gabriel arrêta la Twingo près de l'entrée du petit aérodrome de Moisselles. Il sortit du véhicule et inspecta l'état de la carrosserie, boueuse à l'extrême, avec deux ou trois bignes sur la portière droite, des rayures un peu partout, et un pot d'échappement ayant rendu son âme hurlante, va donc chez Speedy, avait conseillé Gérard. Il haussa les épaules, et se dirigea vers le hangar le plus proche du terrain d'envol.

La grande porte d'acier coulissante était ouverte. Il faisait beau et le soleil se mettait à chauffer les tôles. Il traversa une longue esplanade encombrée de petits avions modernes autour desquels s'affairaient quelques directeurs de grande surface locaux, flanqués de leurs épouses embagousées. Gabriel eut envie d'aller en massacrer un ou deux, mais il se retint et fila vers le hangar.

Il était reposé. La nuit avec Cheryl avait été assez calme. Quand elle le récupérait, son homme, elle avait plus besoin de tendresse que de sport.

Il entra sous la haute voûte surchauffée. Deux zincs démembrés, côte à côte, vomissaient leurs entrailles métalliques, rangées pièce par pièce par ordre de démontage, alignées sur des bâches de toile cirée. Sur un déjà ancien Morane Saulnier, un mécano, en combinaison rouge vif, s'affairait. Il avait le haut du corps entièrement plongé dans le moteur. Gabriel marcha silencieusement vers lui, humant la singulière odeur d'huile d'avion, aux senteurs plus lourdes que celle des bagnoles, comme si on y avait ajouté des herbes de Provence, de la coriandre, ou du curcuma, comme si cette huile avait chauffé, elle, pour de bonnes raisons. Gabriel chatouilla les côtes du mécano qui fit un bond et se cogna la calebasse dans le carter.

— Bordel, qu'est-ce que... ah ! Gabriel... Manquait plus que ça.

— On se sent vraiment accueilli, c'est agréable, salut Raymond.

— Salut le rampant.

Gabriel ne pouvait plus prendre ça comme la pire insulte adressée à ceux qui aiment les avions. Pour la bonne raison qu'il n'avait pas son brevet de pilote. Il ne s'était jamais décidé à le passer mais se promettait de s'y mettre une fois que son avion, le sien, sa chose, serait en état. Ce qui n'était pas demain la veille. Il l'avait trouvé, il y a cinq ans, dans une grange à vingt kilomètres de Lérida. Gabriel qui venait de s'empailler avec des éleveurs de *toros* et qui traînait sa carcasse amochée à la recherche d'un endroit où il aurait pu souffler, dormir et panser ses plaies, était entré dans une grange en adobe, et, derrière des tas informes de paille poussiéreuse, avait aperçu l'engin. Il avait immédiatement reconnu un Polikarpov, ce petit et ventru avion à hélice qu'il avait vu dans toutes ces bandes d'actualités sur la guerre d'Espagne, l'avion des républicains, que Malraux avait peut-être flatté de la main, et dont Durruti avait dû espérer plusieurs fois entendre le bruit caractéristique du moteur. Car ce petit zinc, maniable, costaud, faisait un tel potin que les républicains l'appelaient « la mosca » et que ces enfoirés de fascistes nommaient « la rata ». Gabriel, trois mois après, était revenu avec un semi-remorque équipé d'une grue de levage, avait payé l'engin au prix fort, le paysan catalan avait fait quelques difficultés à se débarrasser de cette carcasse mythique, et avait emmené le tout à l'aérodrome de Moisselles. Là, officiait, entre autres, Raymond, un mécano à l'ancienne, qui avait, comme titre de gloire, remonté un Aermacchi du côté de Sisteron et un Spitfire, à Calais. Mais pour trouver des pièces d'un avion de la Russie soviétique d'avant-guerre, macache bono. Il fallait se les taper au tour. Une par une. Un vrai travail d'orfèvre. Raymond aimait les vieux avions, mais refusait de faire ça à l'œil. Le stalinien qu'il devait toujours être dans l'âme pérorait : il serait dit qu'un avion de fabrication soviétique coûterait un max au capital. Gabriel réglait ça au coup par coup. Le Polikarpov, une fois neuf, coûterait aussi bonbon qu'un Concorde en platine, mais c'était le prix pour maintenir le mythe vivant.

— J'ai de quoi payer tout l'arbre à came.

— T'as dévalisé un Crédit agricole ? ricana Raymond.

— Tu te comportes comme le pire des profiteurs capitalistes.

— Je travaille au prix coûtant, c'est tout, c'est normal et c'est syndical. Après, il me reste juste de quoi acheter des gauloises.

— Je croyais que t'étais aux gitanes.

— J'ai changé. T'es pas venu depuis si longtemps.

Gabriel lui donna deux liasses de billets.

— Voilà pour l'arbrc. Y a unc rallongc. Pour une Twingo, tu me fais quoi ?

Raymond réfléchit un moment.

— En forme ?

— Neuve ou presque. Location.

— Avis ou Hertz ?

— Locacaisse. Rent a bagnole, je sais plus.

— Je retape tous les volets directionnels, commandes et filins. En acier suédois.

— Vendu. Tu changeras les plaques.

— T'occupe. C'est pas pour moi. Ma belle-sœur vient de niquer son Opel. Elle se démerdera.

— T'es un gangster, Raymond, ça te perdra.

— C'est ça. Tu me présenteras l'aumônier de la Centrale.

Gabriel se marra. Il fallait être vraiment en forme pour battre Raymond à ce délicat jeu de la repartie qui tue. Ce mec aurait dû être scénariste à la télé, on se serait moins emmerdé. En plus d'avoir la langue bien pendue, il avait une main d'or. A la frontière du Pakistan, ce type aurait refait une kalachnikov avec une machine à laver en panne. Mais jamais il n'aurait travaillé à l'œil. Fallait pas pousser, il avait un sens aigu de sa valeur d'échange. Et Gabriel ne savait pas ce qu'il pouvait faire du fric. Peut-être alimentait-il les caisses du parti communiste albanais en exil, ou alors c'était lui qui fournissait Robert Hue en fausses barbes.

Il monta dans le cockpit, s'assit sur le siège en lanières et contempla les commandes, les petits cadrans ronds et désuets comme de vieilles montres. Il y en avait encore trois à changer. Risquer sa vie pour un anémomètre, c'était vraiment du pur style. Il fut tenté de mettre le casque en cuir qu'il avait trouvé à l'époque sous le siège, et faire comme s'il appelait la tour de contrôle, mais il n'avait pas envie de subir les sarcasmes de Raymond.

Alors, en silence, il mit les mains sur le manche à balai, et, ça y était, il était dans le ciel d'Espagne, au-dessus de Saragosse.

L'air était limpide, cristallin.

Au-dessus de lui, le bleu du ciel était presque violet.

Il allait en toute impunité balancer des bombes sur les fascistes.

Enfin.

Devenir nœud
de jeune bambou.
Terme de l'homme.
Bashô

Librio

206

Achevé d'imprimer en Allemagne (Pössneck)
en janvier 2006 pour le compte de E.J.L.
87, quai Panhard-et-Levassor, 75013 Paris
Dépôt légal janvier 2006
1er dépôt légal dans la collection : février 1998

Diffusion France et étranger : Flammarion